weiter geben

EUROPAVERLAG**BERLIN**

Eva Madelung

Reden, bevor es zu spät ist

Lebensbericht einer ehemaligen Nationalsozialistin

Roman

EUROPAVERLAGBERLIN

FSC
www.fsc.org
MIX
Papier aus verantwortungsvollen Quellen
FSC® C083411

Berlin · München · Wien
Umschlaggestaltung: Hauptmann & Kompanie Werbeagentur, Zürich
Umschlagmotiv: © FPG/Getty Images
Satz: BuchHaus Robert Gigler, München
Druck und Bindung: CPI Clausen & Bosse, Leck
ISBN 978-3-944305-54-7

www.europa-verlag.com

Meinem Vater

Inhalt

SIND STÜCKE LEBENS
BACHKIESEL
GESAMMELT VOM GRUND

ABGESCHLIFFEN
IM WASSER DER ZEIT

AUSGELEGT
UNTER OFFENEM HIMMEL

ZUGEEIGNET

DEM LICHT UND DER NACHT

Das Böse ist das Einseitige, das Beharren auf einer Seite. Also, wer von sich sagt, er sei nur gut, ist schon wieder böse. Er sieht in sich das Böse nicht. Das Gute ist die Einheit von gut und böse.

Ein Mädchen aus einer philosophischen Kindergruppe*

Evas Brief

Hanna sitzt am Schreibtisch ihrer Mutter, vor sich fünf blaue Hefte und einen Brief mit der Aufschrift »Für Hanna«. Sie schaut sich um und denkt: Hier also hat meine Mutter ihre letzten Jahre verbracht, hier hat sie gesessen, als sie das für mich schrieb. Ihr Blick gleitet über die Hefte hinweg zu dem Foto an der Wand: sie als Vierjährige auf dem Schoß ihrer Mutter, fröhlich in die Kamera lachend, daneben Georg, der Vater. Alle drei scheinen glücklich. Ja, damals war das noch so, denkt sie. Aber dann, nach Vaters Tod, kamen die Schwierigkeiten.
Mit sechzehn hatte sie ihre Mutter verlassen, und sie seitdem nur ein einziges Mal wiedergesehen. Das Ergebnis dieses Treffens war die endgültige Trennung, so hatte sie damals angenommen.
Hanna schaut auf den Brief, sieht die wohlbekannte Schrift und zögert, ihn zu öffnen. Tränen steigen ihr in die Augen. Warum habe ich mich nicht bei ihr gemeldet, wie ich es schon so lange vorhatte? Warum nur? Längere Zeit sitzt sie unentschlossen da, schließlich nimmt sie beides, den Brief und die Hefte, und geht auf den Flur, um Paul zu suchen, den schwerbehinderten

---

* Zitiert nach Ute Scheub: *Das falsche Leben. Eine Vatersuche.* München 2006, S. 6

Lebenspartner ihrer vor Kurzem verstorbenen Mutter Eva. Sie hatte ihn auf dem Begräbnis kennengelernt, und er bat sie, ihn gleich am nächsten Tag zu besuchen. Er war es gewesen, der ihr diese Hefte und den Brief auf den Schreibtisch gelegt hatte. Sie findet ihn auf seinem Zimmer. »Ich werde das mitnehmen und in der Pension lesen«, sagt Hanna. »Morgen komme ich wieder und helfe Ihnen beim Umräumen.« Paul, ein leicht ergrauter Siebziger mit klaren, blauen Augen, nickt ihr zu. Sie reicht ihm die Hand und merkt dabei, dass er sie nur begrenzt ausstrecken kann. Ihre Hand kommt der seinen entgegen. Er lächelt sie an und nickt. »Bis morgen!« Es muss ein schwerer Schlag für ihn sein, schwerer als für mich, überlegt sie im Gehen. Er hat mit meiner Mutter die letzten Jahre zusammengelebt.

Auf ihrem Zimmer in der Pension legt sie die Hefte auf den Tisch, setzt sich und gerät ins Nachdenken. Szenen aus ihrer Kindheit und Jugend, die sie noch bei der Mutter verbracht hatte, aus der Zeit ihres Auszugs, aus dem Leben danach und aus der Phase des endgültigen Zerwürfnisses stehen ihr plötzlich deutlich vor Augen. Und dann – viel später – die immer häufiger werdenden Male, bei denen sie daran dachte, den Kontakt zur Mutter wieder zu suchen.

Schließlich öffnet sie den Brief und liest.

Liebe Hanna, Im April, 2005

vor längerer Zeit habe ich Deinen Film über die Geschwister Scholl gesehen. Er wurde zum sechzigsten Jahrestag ihrer Hinrichtung im Fernsehen gezeigt, und als ich im Programm den Titel las, der ahnen ließ, was mich bei dieser Dokumentation erwartete, wusste ich sofort: Den will ich mir anschauen! Ich war sehr beeindruckt und, als ich dann im Abspann völlig unvermutet Deinen Namen las, tief betroffen. Einerseits habe ich nun noch besser verstanden, wie brennend Du Dir gewünscht haben musst, Deine Mutter hätte zu dieser Gruppe gehört und wäre nicht die überzeugte Nationalsozialistin gewesen, die ich tatsächlich einmal war. Andererseits war ich wie elektrisiert, dass Du, deren Name ich jahrelang ängstlich in den Nachrichten über die RAF gesucht habe, plötzlich hier als Filmemacherin auftauchst. Kurz überlegte ich, ob ich nicht versuchen sollte, Deinen jetzigen Aufenthaltsort zu erfahren, um die Verbindung zu Dir wieder aufzunehmen. Aber ich habe davon abgesehen. Nachdem unser letztes Treffen so unglücklich verlaufen war, dachte ich, den ersten Schritt dazu müsstest Du tun. Ich wollte nicht wieder denselben Fehler begehen wie vor achtundzwanzig Jahren und mit Dir reden wollen, wenn Du dazu eigentlich gar nicht bereit bist.

Je älter ich werde, desto mehr belastet es mich, dass Deine Ablösung von mir so unglücklich verlief, und ich wünsche mir sehnlich, Dir aus meinem Leben zu berichten. Ich möchte mit Dir über mein Elternhaus sprechen, über meine Jahre im Bann des Nationalsozialismus und wie es später weiterging nach dem Ende dieses furchtbaren Krieges.

Als Du klein warst, glaubte ich, es sei besser, damit zu warten, denn ich war mit mir selbst nicht genügend im Reinen und zögerte aus diesem Grund, es zu tun. Das war immer noch so, als Du dann anfingst zu fragen, und Du hast wohl gemerkt, dass ich eigentlich nicht bereit war, Dir über diese Zeit etwas mitzuteilen. Schließlich hast Du aufgehört, etwas von mir wissen zu wollen, und dann bist Du ausgezogen, zwei Jahre vor Deinem Abitur.

Auch von Deinem Großvater habe ich Dir so gut wie nichts erzählt, obwohl es sicher gut gewesen wäre. Er war Teil des deutschen Widerstands, und Du hättest stolz auf ihn sein können.

Aber solange Du bei mir warst, haderte ich innerlich noch mit ihm, und aus diesem Grund wollte und konnte ich nicht über ihn sprechen. Es hat sehr lange gedauert, bis ich ihm nicht mehr vorwarf, dass er mit mir nicht über die Gründe seiner feindseligen Einstellung zu diesem Regime geredet hat. Aber – so frage ich mich heute – hätte ich ihn denn damals wirklich gehört? Einmal hatte er es versucht, aber ich war schon zu weit von ihm entfernt, und es wäre womöglich sogar riskant gewesen, offen sich mir gegenüber zu äußern. – Heute bin ich endlich mit ihm im Frieden. Und nach Deinem Auszug habe ich gelernt zu verstehen, wie er darunter gelitten haben mochte, dass zwei seiner Kinder und die eigene Frau einer politischen Überzeugung anhingen, die er als fatal ansah. In gewissem Sinn ging es mir ja mit Dir ähnlich.

Nun aber noch einmal zurück zu Deinem Film: Er hat mich so stark berührt, weil es Dir gelungen ist, diese Gruppe junger Menschen durch die Aussagen ihrer Kameraden, die überlebt hatten, wirklich lebendig werden zu lassen. Ja, solche Eltern hättest Du gerne gehabt! Allerdings drängte sich mir irgendwann die Frage auf, ob wir – die Gleichaltrigen, für das Regime Begeisterten – nicht auf unsere Weise genauso opferbereit und todesmutig waren, wie diese jungen Leute, nur auf der falschen Seite. Aber wussten wir das damals? Dass man allerdings so nicht fragen darf, wenn man selbst zu den vom NS-System Überzeugten gehört hat, das weiß ich.

Ich habe mir große Mühe gegeben, Dir eine gute Mutter zu sein. Es sollte Dir nicht so gehen wie mir: Meine Mutter war plötzlich verschwunden in einer Zeit, in der ich sie am notwendigsten gebraucht hätte. Als Du aber in die Pubertät kamst, hast Du Dich immer mehr vor mir verschlossen und bist dann ausgezogen. Ich musste vermuten, dass Du Dich irgendeiner radikalen Gruppe angeschlossen hast. Gleichzeitig ließen sich meine Schuldgefühle für all das, was ich in der Hitlerzeit getan hatte, immer schwerer ertragen, obwohl mir mein Kopf sagte, dass ich selbst keine wirklichen Verbrechen begangen habe. Das Schicksal hat mich davor bewahrt, töten zu müssen oder andere furchtbare Dinge zu tun. Ich habe zwar den Verdacht, ich hätte auch das getan, wenn es mir befohlen worden wäre. Aber im Allgemeinen hatten das ja die Männer zu besorgen. Tatsache ist jedenfalls, dass ich es nicht tun musste und dass ich auch von den grauenhaften Dingen in den KZ kaum etwas wusste, obwohl ich es hätte wissen können oder, besser: wissen müssen! Ich bin mir auch darüber im Klaren, dass Du das nicht glauben kannst. Ich akzeptiere das, da ich heute selbst nicht mehr verstehe, dass das so war. Ehrlich gesagt, ich bin mir auch nicht sicher, was ich getan hätte, wenn mir befohlen worden wäre, als Aufseherin in einem KZ zu arbeiten. Wahrscheinlich hätte ich es getan in dem Bewusstsein, dieses Opfer bringen zu müssen.

Wie verwirrend und schwer verständlich mag das alles für Dich sein, und wie schwer fällt es mir, davon zu sprechen. Aber ich muss jetzt reden, reden, bevor es zu spät ist!

Außerdem gibt es noch etwas, was Deinen Vater betrifft, das musst Du unbedingt wissen.

Wenn ich in den Sorgenstunden, zwischen drei und vier Uhr morgens, aufwache, was in letzter Zeit immer häufiger geschieht, beginnt mein Unterkörper zu schmerzen. Ich habe das Gefühl einer langen, ziellos herumliegenden Nabelschnur, von der Du, Hanna, längst getrennt bist, deren Ende Dich aber immer noch sucht, wie um etwas gutzumachen, was nicht mehr gutzumachen ist. Die Schuld Dir gegenüber wiegt in diesen Augenblicken für mich mehr als alles, was ich in der Zeit des Nationalsozialismus getan oder unterlassen habe. Ich habe Dir etwas aufgeladen, was Dich schwer belastet, das ist mir klar. Warum sonst hättest Du diese völlige Abwendung von mir nötig gehabt? Zeigt nicht mein innerer Zustand aber auch, dass wir eigentlich nicht wirklich getrennt sind, weil die Verbindung zwischen Kindern und Eltern eine lebenslange ist, gleichgültig, wie sie sich äußerlich verhalten?

In diesen frühen Morgenstunden liegt das, was ich Dir angetan habe, auf mir wie eine zweite Schuld, und ich würde mich dafür am liebsten hart bestrafen. Aber wem würde das helfen? Dir ganz sicher nicht und mir auch nicht. Die Schuld liegt jedoch auf mir und mischt sich mit der ersten, ursprünglichen Schuld meines Verhaltens im Dritten Reich, da ich, trotz der Ahnungen von Schrecklichem, nicht nachgefragt und mich damit vor wirklichem Wissen geschützt habe – vielleicht unbewusst, einfach um zu überleben.

Aber das Leben wollte weitergehen trotz allem, was geschehen war, und ich habe mich damals entschlossen, ihm zu folgen. Wäre es weniger schuldhaft gewesen, wenn ich mich ihm entzogen und Schluss gemacht hätte?

Diese und ähnliche in sich kreisende Gedanken peinigen mich, während die körperlichen Schmerzen zunehmen, bis ich mich entschließe, aufzustehen und die Fensterläden zu öffnen. Wieder ein Tag, in dem das Leben erneut fließt und mich weiterträgt. – In diesem Zustand traf ich dann den Entschluss, einen Lebensbericht für Dich zu verfassen in der Hoffnung, dass Du ihn irgendwann liest. Während des Schreibens wurde mir aber immer klarer, dass ich auch mir persönlich damit Rechenschaft abgelegt und dabei gelernt habe, mich selbst besser zu verstehen. Das entschuldigt nichts, aber es gibt mir mehr Ruhe.

Lebe wohl!

Hanna ist gebannt. Plötzlich hat sie das Gefühl, der Mutter näherzukommen, und liest bis tief in die Nacht.

Heft 1

Dazugehören (1923–1936)

Das erste Jahr

Das Jahr 1923, in dem ich in Berlin zur Welt kam, war ein Krisenjahr in Deutschland. Meine Geburt aber, im Mai jenes Jahres voller Unruhe, war glatt verlaufen. Ich sei ein Hoffnungsschimmer gewesen in dieser bösen Zeit, wie die Verheißung einer besseren Zukunft, hat meine Mutter einmal gesagt, und ich wurde Eva genannt, wohl nach der Lieblingsrolle meiner Mutter, die Sängerin gewesen war und als des Meistersingers Veit Pogners Tochter auf der Bühne gestanden hatte.

Die Ironie des Schicksals wollte es jedoch, dass der Mann, der in meiner Zukunft und in der unseres ganzen Volkes eine so verhängnisvolle Rolle spielen sollte, im November 1923 nur mit Mühe davon abgehalten wurde, sich selbst umzubringen. Denn der bei dem »Marsch auf die Feldherrnhalle« leicht verwundete Hitler wollte nach dem gescheiterten Putschversuch mit einigen Gefährten zur österreichischen Grenze flüchten. Sein Auto hatte jedoch bei Murnau am Staffelsee eine Panne. Bei Nacht und Nebel klopfte er an die Tür des Hauses seines langjährigen Freundes und Mitstreiters Ernst Hanfstaengl in Uffing am Staffelsee. Dieser war jedoch schon zur Grenze unterwegs, und so öffnete seine Frau Helene die Tür. Sie verhinderte einen Selbstmord des Verzweifelten und versteckte ihn, bis er nach zwei Tagen von der Landespolizei aufgespürt, verhaftet, angeklagt und zu vier Jahren Festungshaft in Landsberg verurteilt wurde. Aber schon nach einem Jahr hat man ihn vorzeitig entlassen.

Mein Vater Eberhard Pasch war in diesem ereignisreichen Jahr dreiundfünfzig Jahre alt. Da ich Dir, Hanna, kaum etwas von ihm erzählt habe, will ich ihn Dir kurz schildern: Er war ein hochgewachsener, schlanker Mann mit schwarzen Haaren und besaß die natürliche Autorität eines Menschen, der sich im Leben hart hatte durchsetzen müssen. Ich habe lange gebraucht, bis ich dem kritischen Blick aus seinen dunklen Augen standhalten konnte, aber ich erinnere mich auch, wie mir das Herz aufging, wenn er mich freundlich ansah.

Er stammte aus einer Unterschichtfamilie, war Schuster geworden und hatte sich schon im Kaiserreich mit seiner Werkstatt für Lederwaren hochgearbeitet. Er entwickelte immer neue Produkte, die er herstellte und verkaufte. Seine Spezialität waren naturgegerbte Schuhe, die er bald in ganz Deutschland vertrieb und später sogar ins Ausland verschickte. Seine Fabrik, ein stattliches Gebäude, befand sich in der Greifswalder Straße, nicht allzu weit von unserem Wohnhaus entfernt. In seinen jungen Jahren hatte er der SPD nahegestanden, dann aber konzentrierte er sich ganz auf den Aufbau seiner Fabrik, in der er soziale Ideen, wie zum Beispiel eine betriebseigene Altersversorgung, in die Praxis umsetzte.

Mein Vater heiratete relativ jung und hatte mit seiner ersten Frau Elisabeth zwei Kinder, Lisa und Eberhard. Der Sohn starb mit vierzehn überraschend an einer Lungenentzündung, und die Eheleute verstanden sich danach immer schlechter. Unter anderem machten sie sich gegenseitig Vorwürfe wegen des Todes ihres Sohnes. Er wäre ja der Stammhalter gewesen. Die Ehe ging auseinander, und Elisabeth ist nicht lange darauf gestorben.

Nach dem Ende des Ersten Weltkriegs heiratete mein Vater

meine Mutter Marianne, eine Sängerin, zwanzig Jahre jünger als er. Sie stammte aus Süddeutschland und war eine lebhafte, warmherzige Person, rotblond und mit blauen Augen. Im ersten Jahr ihrer Ehe war sie noch in ihrem Beruf tätig, aber als dann ein Sohn zur Welt kam, gab sie das Singen auf, weil mein Vater es wünschte. Dieser Sohn wurde nach dem Vater und dem verstorbenen Sohn aus erster Ehe Eberhard genannt. Es gab wieder einen Stammhalter, und die Eheleute waren glücklich. Vier Jahre nach Eberhard wurde ich geboren.

Geborgenheit und Angst

Die ersten klaren Erinnerungen habe ich aus dem Alter zwischen vier und fünf Jahren. Mein Elternhaus stand, umgeben von einem großen Garten, in der Amalienstraße in Berlin-Weißensee. Vor dem Haus wuchs eine riesige Platane, und ich erinnere mich an das Gefühl von Geborgenheit, wenn ich in ihr sattgrünes Blätterdach hinaufblickte und dem schallenden Gesang der Vögel lauschte. Er drang ins Haus, bis ins Kinderzimmer, wo ich beim Spielen aufhorchte. Sicherlich bin ich schon im Kinderwagen dort gestanden, unter diesem Baum, und habe diesen Vögeln zugehört zwischen Schlaf und Wachen. Später waren es die Pflanzen und die Tiere, die mich immer wieder in den Garten zogen, wo ich mich wohler fühlte als in den Zimmern.

Rechts neben dem Haus, gleich hinter der Steinbalustrade, die die Kalksteinplatten von dem eigentlichen Garten abtrennte, hatte ich ein kleines Gärtchen. Von meinem Schlafzimmer aus konnte ich darauf hinunterschauen. Es gab da ein Stück Wiese, die von einer Taxushecke begrenzt wurde. Davor hatte ich mithilfe unseres Gärtners ein Staudenbeet angelegt, in dem alles wuchs, was zu einem richtigen Sommerflor gehört: Rittersporn, Margeriten,

Phlox, Lupinen, und Glockenblumen. Später kamen dann die gelben Rudbeckien und Astern in allen Farben hinzu. Links davon, am Fuß der Platane, befand sich ein kleines Gartenhaus, das ich ganz für mich allein hatte. Dort richtete ich mich mit einem Lager aus Reisig, trockenem Laub und Tierfellen häuslich ein. Mein »Stuhl« und mein »Tisch« bestanden aus je einem quer durchgesägten dicken Baumstamm. Hier war ich zu Hause.

Eine ganz andersartige Erinnerung ist die Angst, die mich manchmal abends im Bett überfiel, wenn meine Mutter schon gegangen war und ich nicht einschlafen konnte. Auf dem Schrank gegenüber lag eine Tasche, die im Halbdunkel die Form eines lauernden Tieres annahm, und unter meinem Bett schien irgendetwas Bedrohliches sich versteckt zu haben. Wenn ich es dann nicht mehr aushielt, sprang ich mit einem großen Satz hinaus und flüchtete in das Schlafzimmer meiner Mutter. Ich kroch in ihr Bett, um mich an ihren warmen Körper zu schmiegen, und die Angst verschwand augenblicklich.

Eines Abends aber traf ich sie dort nicht an. Ich schlich die Treppe hinunter, um sie im Wohnzimmer zu suchen, und öffnete vorsichtig die Tür. Da war meine Mutter, aber nicht allein. Vor ihr saß mein Vater und sprach mit rauer, vor Verzweiflung bebender Stimme, blickte aber gleichzeitig an meiner Mutter vorbei. Auch in ihrem Gesicht standen Sorge und Ratlosigkeit, und ich schloss die Tür so lautlos, wie ich sie geöffnet hatte. Wieder im Bett, lag ich im Dunkeln und grübelte über das einzige Wort, das ich aus dem Mund meines Vaters verstanden hatte, das Wort »Deutschland«.

Als ich dann eines Tages unsere Haushälterin, Frau Schmidtke, zum Einkaufen begleitete, begegneten wir einem zerlumpten Mann, der auf dem Boden saß und seinen Hut vor sich hingelegt hatte. Als Frau Schmidtke ihn sah, wechselte sie die Straßenseite. Ich merkte, dass sie es vermeiden wollte, an ihm vorbeizugehen, aber ich schaute wie gebannt zu ihm hinüber. Warum saß er da auf der Straße mitten in dem Schmutz, noch dazu in der Kälte? Frau Schmidtke gab mir eine ausweichende Antwort, und meiner Mutter, der ich beim Gutenachtsagen die gleiche Frage stellte, meinte nur: »Das war sicher einer von den vielen Menschen, die heute keine Arbeit haben. Solche Menschen können sich oft nichts mehr zu essen kaufen und betteln dann.«

Auch an diesem Abend verfolgte mich wieder das unheimliche Etwas unter dem Bett, und als ich in meiner Angst zu meiner Mutter hinüberlief und sie glücklicherweise in ihrem Zimmer antraf, fragte ich sie, ob denn Vater noch Arbeit habe oder ob wir auch bald betteln müssten. Sie beruhigte mich: »Er gibt anderen Menschen Arbeit in seiner Firma, aber er musste auch einige entlassen.«

In den kommenden Monaten habe ich mich an den Anblick von Bettlern gewöhnen müssen, denn viele Menschen in Deutschland waren in großer Not.

Nicht zugehörig

Die Schule, in die ich 1929 eingeschult wurde, lag nicht weit von meinem Elternhaus in Berlin-Weißensee, in der Langhansstraße. Ich hatte den Tag meiner Einschulung einerseits lange herbeigesehnt, andererseits war ich auch etwas ängstlich, denn ich kam in eine andere Grundschule wie Eberhard vor vier Jahren. Von seiner Schule und von den Lehrerinnen und Lehrern hatte er mir viel erzählt, und ich konnte mir das alles gut vorstellen. Nun aber wusste ich nicht, was mir bevorstand.

Mit der Schultüte im Arm betrat ich an der Hand meiner Mutter das mir riesig erscheinende Gebäude. Es waren auch andere Mütter mit ihren Kindern an der Hand da, die an ihren Tüten sofort als Erstklässler zu erkennen waren. Ich musterte sie neugierig, und als wir uns in unserem Klassenzimmer versammelten, stellte ich fest, dass ich in einer Mädchenklasse gelandet war. Das passte mir nicht, denn ich war gewohnt, zusammen mit meinem Bruder und seinen Freunden in unserem großen Garten die wildesten Spiele zu spielen.

In der Menge der Kinder und Mütter hatte ich plötzlich das beklemmende Gefühl, anders zu sein als die anderen und nicht wirklich dazuzugehören, denn viele Mütter begrüßten sich und sprachen miteinander. Auch die Kinder schienen sich teilweise zu kennen. Ich aber kannte niemanden, und meiner Mutter ging es genauso.

Die Lehrerin, Fräulein Höpfner, war eine kleine, energische Person mit einem Kranz dicker, aschblonder Zöpfe um den Kopf. Sie begrüßte uns herzlich und sagte, wir dürften uns mit jemandem, den wir nett fänden, zusammensetzen. Allerdings sollten die Kleineren vorn und die Größeren in den hinteren Bänken einen Platz suchen. Ich sah mich um und bemerkte ein Mädchen mit blonden Locken und strahlend blauen Augen in einem zarten, etwas blassen Gesicht. Sie stand mit ihrer Mutter abseits, ähnlich wie ich mit der meinen. Ihr suchender Blick traf mich. Wir gingen aufeinander zu, fassten uns bei der Hand und belegten zwei Plätze weit hinten in den Bankreihen. Das Mädchen hieß Marga Blumenthal.

Fräulein Höpfner war mir sofort sympathisch, und das schien auf Gegenseitigkeit zu beruhen. Als gute Lehrerin ließ sie sich das allerdings kaum anmerken. Aber nach einem Singspiel, das sie mit uns spielte, war ich mir dessen ganz sicher: Sie hatte uns ein Lied von einer Fahrt über einen See, in dem viele Fische schwimmen, beigebracht und war dann singend durch die Klasse gegangen. Jedes Mal, wenn der Refrain erklang, wählte sie eine von uns aus, ihr zu folgen, und fand für sie den Namen eines Wassertiers. Die so Benannte durfte sich der immer länger werdenden Schlange anschließen, die sich singend zwischen den Bänken durchschlängelte. Ich trug ein Kleid mit rot-gelbem Karomuster, das mir gut gefiel, in dem ich mich in der Klasse aber ein wenig genierte. Keines der anderen Mädchen hatte ein solches Kleid. Es dauerte nicht lange, da deutete Fräulein Höpfner auf mich und sang: »Der Goldfisch, der Goldfisch, der folge mir.« Ich war glücklich, mich so bald in die Schlange einreihen zu dürfen, und bedauerte die Mädchen, die noch in ihren Bänken ausharren mussten.

Bald nach der Einschulung luden meine Eltern Fräulein Höpfner zum Abendessen ein. Heute vermute ich, dass sie annahmen, es könnte für mich als Tochter eines wohlhabenden Mannes nicht leicht sein, mit den Mädchen aus ärmeren Familien zu verkehren. Ich aber fühlte mich vor allem dank dem Verhalten von Fräulein Höpfner und infolge der immer enger werdenden Freundschaft zu Marga wohl in der Klasse und verstand nicht, was meine Eltern mit dieser Einladung bezweckten. Ich freute mich einerseits darüber, weil ich Fräulein Höpfner mochte. Andererseits aber tat sie mir leid, als ich sah, wie schüchtern sie neben meinem Vater am Tisch saß und wie scheu sie mit ihm sprach. Da er schlecht hörte, musste sie ihre Stimme erheben, wenn sie ihm auf seine Fragen antwortete – und das fiel ihr in seiner Gegenwart sichtlich schwer. Sie wurde immer wieder rot dabei, und in manchen ihrer Antworten glaubte ich verhaltenen Ärger zu spüren. In der Klasse war das ganz anders. Dort war sie die Respektsperson und nicht das genierte kleine Mädchen, als das sie sich offenbar meinem Vater gegenüber vorkam. Dort hatte sie das Sagen, und das fand ich gut.

Eine ähnliche Befangenheit meinem Vater gegenüber hatte ich bei meiner Mutter beobachtet. Wir Kinder respektierten sie fraglos, und wir nahmen ernst, was sie zu uns sagte. Beim Essen aber, wenn unser Vater dabei war, herrschte häufig eine unterschwellig gereizte Stimmung, in der meine Mutter neben uns wie das dritte

Kind am Tisch saß. Das beunruhigte mich, und ich stocherte in meinem Essen, weil mir leicht übel war.

Mit Marga verstand ich mich von Tag zu Tag besser. Wir hatten über eine längere Strecke den gleichen Heimweg, gingen meist zusammen und schwatzten dabei über alles, was kleinen Mädchen wichtig ist. Bald lud sie mich zu sich nach Hause ein, und sie durfte auch zum Spielen zu mir kommen.

Im zweiten Schuljahr wurde ich von Schülerinnen einer höheren Klasse einmal gehänselt. Sie standen in einem Grüppchen zusammen, tuschelten und lachten und sahen immer wieder zu mir herüber. Sie hatten wohl gesehen, wie ich mit meiner Mutter auf dem Weg zu einer Einladung war. Bei solchen Gelegenheiten musste ich trotz heftigem Protest einen Hut tragen. Nun rannte eines der Mädchen auf mich zu und schrie: »Hutliesel, Hutliesel!« Die anderen blieben grinsend in einiger Entfernung beieinander. Ohne mich lang zu besinnen, ging ich auf das Mädchen zu, das mich gehänselt hatte, und versetze ihr eine Ohrfeige, die offenbar kräftig gewesen war, denn sie rannte heulend zu ihren Kameradinnen zurück. Ich war außer mir vor Wut, und Marga, die überrascht und etwas erschrocken danebengestanden hatte, versuchte mich zu beruhigen. Als wir wieder in die Klasse zurückkamen, stand Fräulein Höpfner lachend in der Tür und sagte: »Ich finde es gut, Eva, dass du dich verteidigt hast, man muss sich seiner Haut wehren.« Ich fragte mich, wie und was sie von dieser Sache wissen konnte. Offenbar hatten die Mädchen mich bei ihr verpetzt.

Heimatkunde

Auf unserem Stundenplan stand zweimal in der Woche »Heimatkunde«, montags und freitags war die letzte Stunde für dieses Fach reserviert. Fräulein Höpfner gestaltete diese Stunden auf ihre Weise: Sie erteilte uns eine Art Geschichtsunterricht, den sie mit dem Fach Singen koppelte. Wir lernten beispielsweise ein aus dem Ersten Weltkrieg stammendes Lied von Rudolf Alexander Schröder:

Heilig Vaterland! In Gefahren
Deine Söhne sich um dich scharen.
Von Gefahr umringt, heilig Vaterland,
Alle stehen wir Hand in Hand.

Bei den Sternen steht, was wir schwören.
Der die Sterne lenkt, wird uns hören.
Eh der Fremde dir deine Krone raubt,
Deutschland, fallen wir Haupt bei Haupt!

Heilig Vaterland, heb zur Stunde
Kühn dein Angesicht in die Runde.
Sieh uns all entbrannt Sohn bei Söhne stehn.
Du sollst bleiben, Land, wir vergehn.

Als wir die Melodie und die erste Strophe einigermaßen konnten, erzählte die Lehrerin uns von der Schmach, die Deutschland mit dem Versailler Frieden zugefügt worden sei. Sie sprach von einem »Schmachfrieden«, dem sich Deutschland unterwerfen musste, und über die unmäßigen Reparationszahlungen, die auf der Weimarer Republik lasteten. Auch die neue demokratische Verfassung sei den Deutschen aufgezwungen worden. »Dies war ein großes Unrecht!«, sagte sie mit erhobener Stimme. »Alle Deutschen haben das so empfunden, alle waren empört, und durch die hohen Geldzahlungen geriet das Land in große Schwierigkeiten. Aber es gibt jetzt einen Mann, der Deutschland aus seinem Elend herausführen wird, wenn alle bereit sind, ihm zu folgen. Er hat die

Not des Volkes im Krieg und in dem zu Ende gegangenen Kaiserreich selbst mitgemacht. Wenn das ganze Volk ihm einmal vertraut, wird er Deutschland von seiner Schmach befreien. Er heißt Adolf Hitler.«

Fräulein Höpfners Stimme zitterte, als sie den mir bis dahin unbekannten Namen nannte, und das Lied, das wir gerade gelernt hatten, kam mir in den Sinn. Ich stellte mir Deutschland als schöne, weinende Frau mit langen blonden Haaren vor, die auf einem Felsen sitzend in die Ferne blickt. Ihre Hände und Füße sind mit Stricken zusammengebunden, und sie schaut hinaus in eine düstere Landschaft, während Tränen der Schmach und Angst über ihre Wangen laufen. Von Weitem aber nähert sich ein immer länger werdender Zug von Rittern, ihnen voran der Anführer in einer goldenen Rüstung mit blinkendem Schwert. Bald würden sie bei der traurigen Gestalt ankommen, sie umringen und von ihrer Furcht befreien.

Auf dem Heimweg sprach ich mit Marga darüber, und wir waren uns einig, dass etwas geschehen müsse, um Deutschland aus der Gefahr zu retten.

Am Mittagstisch fragte ich meinen Vater, ob er einen Adolf Hitler kenne und ob er auch der Meinung sei, dass er Deutschland helfen könne. »Wer hat das behauptet?«, fragte er scharf zurück und wurde ärgerlich, als er erfuhr, dass ich diesen Namen von Fräulein Höpfner gehört hatte. »Der kommt nie an die Macht«, seine Stimme klang schneidend, »das wäre das Schlimmste, was uns passieren könnte!« Ich war wie vor den Kopf gestoßen, schaute auf meinen Teller, stocherte wieder einmal im Essen herum und wagte nicht, weiter zu fragen. Wenn Vater wütend war, sagte man am besten nichts. Auch Eberhard und Mutter starrten auf ihre Teller, und im Raum war nichts zu hören als das Ticken der großen Standuhr.

Erster Musikunterricht

In dieser Zeit trat jedoch auch etwas sehr Schönes in mein Leben. Meine Mutter hatte eine gute Bekannte, Grete Seitel, die Geigenlehrerin war. Sie gab ab der zweiten Klasse auch Gruppenunterricht in Blockflöte, und ich durfte daran teilnehmen. Von Anfang an war ich begeistert, denn hier flutete das volle Leben, und in der Stimme von Frau Seitel schwang eine unerschütterliche Heiterkeit. Für mich war dieser Unterricht mit meiner Freundschaft zu Marga verbunden, denn wir gingen zusammen dorthin. Und als wir den ersten C- und F-Flöten-Unterricht hinter uns hatten, fragte uns Frau Seitel, ob wir nicht Lust hätten, Geige zu lernen. Unsere Eltern waren sofort einverstanden

Marga und ich hatten gemeinsam eine Stunde, und am Ende folgte dann der Spaß: Es gab eine Menge Filzpantoffeln, die sich jeder Schüler beim Betreten von Frau Seitels Wohnung über die Straßenschuhe stülpen musste, und wir durften darin nun über die Parketttreppe polternd abwärtsrutschen. Das gab viel Gelächter, bis der nächste Schüler eintraf und wir endgültig nach Hause geschickt wurden.

Frau Seitel, eine kräftige, temperamentvolle Frau mit zu einem Dutt zusammengesteckten grauen Haaren, leitete ein »großes« und auch ein »kleines« Orchester, in dem man schon als Anfänger mitspielen konnte. Sie organisierte Ausflüge, bei denen in einer Jugendherberge musiziert wurde. Zwischendurch wanderten wir, und wir schliefen in Doppelstockbetten in einem großen Schlafsaal. Lag ich abends in meinem Bett, direkt über dem von Marga, fühlte ich mich glücklich.

Lisa

Eines Mittags – es mag im Sommer 1931 gewesen sein – war die Familie um den Mittagstisch versammelt. Ich saß rechts neben unserer Mutter, am Kopf der Tafel der Vater. An seiner linken Seite hatte meine Halbschwester Lisa Platz genommen, die unverheiratet und nicht viel jünger als meine Mutter war. Ich mochte diese Frau mit ihren warmen braunen Augen unter der hohen Stirn, und ich wünschte mir manchmal, dass sie uns öfter besuchte. Sie hatte in Volkswirtschaft promoviert und bewirtschaftete einen Hof in der Nähe Berlins. Mit dem Vater besprach sie häufig geschäftliche Fragen, den Hof oder seine Firma betreffend. Es ging beispielsweise darum, ob der Achtstundentag, den mein Vater in seiner Fabrik eingeführt hatte, auch in der Landwirtschaft möglich sei, oder um das Streikrecht. Ich hörte ihnen gespannt zu, obwohl ich von der Sache kaum etwas verstand. Deutlich spürte ich dabei Lisas große Nähe zu diesem Vater, der mir selbst oft so fern war. Für mich lebte er in einer anderen Welt, aber Lisa und er hatten ein Stück Welt gemeinsam, in der sie sich begegneten. Ich beneidete sie darum. Auch jetzt hatte ich meine Antennen weit ausgefahren und horchte neugierig. Es beruhigte mich, wenn sie so miteinander sprachen. Aber da war noch ein gegenteiliges Gefühl, das ich nicht fassen konnte, ein seltsamer Druck, der sich wieder und wieder auf mich legte und nicht wich, wenn Lisa bei uns war.

Zu dieser Zeit wusste ich über die erste Familie meines Vaters nur, was mir meine Mutter einmal erzählt hatte. Nämlich dass Lisa einen Bruder gehabt hatte, der auch Eberhard hieß, aber jung gestorben war. Danach hatte sich mein Vater von seiner ersten Frau getrennt. Ich bemerkte, dass meine Mutter nicht gern darüber sprach, und so forschte ich nicht weiter. Heute weiß ich, dass mein Vater und seine erste Frau Elisabeth sich nicht im Guten trennen konnten und dass Lisa sich lange aufseiten ihrer Mutter hielt. Es dauerte, bis sie den Kontakt zu ihrem Vater wieder aufnahm. Die früheren Eheleute aber haben sich nicht mehr gesehen.

Mitmarschieren?

An einem Sonntag – ich glaube, es war 1932 – war ich auf dem Weg zu Marga. Ihre Eltern hatten mich zum Mittagessen eingeladen, und wir wollten am Nachmittag im Garten spielen. Plötzlich sah ich eine marschierende Kolonne: ungefähr dreißig junge Mädchen in grauen Uniformen, die Augen zielsicher nach vorn gerichtet. Sie sangen ein mitreißendes Lied, das ich nicht kannte. Keine schaute zu mir herüber, und der Ernst in ihren Gesichtern machte mich betroffen. Sie waren wenig älter als ich, aber sie schienen an etwas teilzuhaben, zu dem ich noch keinen Zugang hatte, das aber alle anging, auch mich, das spürte ich deutlich. Warum marschierte ich nicht mit? Warum ging ich zu meiner Freundin, um in ihrem Garten zu spielen? War das nicht unglaublich kindisch? Ich schämte mich, dass ich in meiner Rocktasche einen der kleinen Teddybären hatte, mit denen Marga und ich uns damals noch stundenlang beschäftigen konnten. Sie wohnten in einer Höhle im Steingarten und bestanden die tollsten Abenteuer. Wir verheimlichten dieses kindliche Spiel vor unseren Klassenkameradinnen, aber für uns war es eine Fantasiewelt, die uns eng verband. Die marschierenden Mädchen lebten jedoch schon längst in der wirklichen, in der großen Welt, sie wollten etwas erreichen, sie hatten ein Ziel. Wenn sie uns sehen würden mit unseren Teddys, sie würden uns einfach auslachen, denn sie waren längst herausgewachsen aus solchen Kindereien. Ja, so wollte ich auch marschieren, im Gleichschritt mit der Zeit.

Als ich am Mittagstisch bei den Blumenthals erzählte, was ich gesehen hatte, sagte Margas Vater, das seien wohl »Pioniere« des Jugendverbands der Kommunistischen Partei gewesen.

Am Nachmittag versuchten Marga und ich wie gewohnt im Garten zu spielen, aber es ging nicht.

»Ich hab einfach keine Lust heute«, sagte ich. »Wo die Mädchen wohl hinmarschiert sind?«

»Wahrscheinlich zu einer Kundgebung, auf der die Arbeiter für ihre Rechte demonstrieren«, meinte Marga. »Vater hat erzählt, dass so was heute stattfindet.«

»Ich hätte Lust, auch Pionierin zu werden. Wie könnten wir das nur anstellen?«

»Wir fragen einfach. Vielleicht gibt es in unserer Klasse jemand, der das weiß.«

»Aber ob unsere Eltern das erlauben? Vater ist so streng!«, sagte ich, nicht ahnend, dass er das womöglich eher gebilligt hätte, als dass ich mich einige Jahre später freiwillig der Hitlerjugend anschloss.

Die Machtübernahme

Am 30. Januar 1933, dem Tag der Machtergreifung, hatte meine Mutter – ohne Wissen meines Vaters – im Atelier ihrer Schneiderin an der Wilhelmstraße Fensterplätze reserviert, sodass wir Kinder mit ihr zusammen das Schauspiel des Fackelzugs am Abend dieses Tages miterleben konnten. Das Atelier befand sich nicht weit von der Reichskanzlei, und so konnten wir die begeisterte Menschenmenge singend und Fackeln tragend unten vorbeimarschieren sehen. Kurz zuvor waren sie an Hitler und Hindenburg, die sich in den Fenstern der Reichskanzlei gezeigt hatten, vorübergezogen. Die Straße war ein flackerndes Meer von Fahnen, Fackeln.

Heil-Rufe und Marschlieder ertönten, und immer wieder wurde: »Deutschland, Deutschland über alles ...« angestimmt.

In dem Raum, in dem wir mit anderen Kundinnen der Schneiderin dicht gedrängt am Fenster standen, breitete sich eine feierliche Stille aus. Niemand sagte etwas, alle hatten leuchtende Gesichter, manche Freudentränen in den Augen, und ich wartete darauf, dass jemand das Deutschlandlied mitsänge. Zu gern hätte ich es selbst getan. Eberhard ging es offensichtlich genauso: Er starrte fasziniert hinunter auf die Straße und bewegte unwillkürlich die Lippen.

Der nächste Tag war schulfrei. Beim Frühstück fiel mir der düstere Blick meines Vaters auf, der diese Mahlzeit immer benutzte, um die Zeitung zu überfliegen. Der Schlag, mit dem er beim Umblättern die neue Seite in die richtige Position brachte, klang wütend und hilflos zugleich. Die Mutter saß gedrückt neben ihm, ganz anders als am vorigen Abend, als ihr Gesicht mit denen der anderen gestrahlt hatte. Etwas hing zwischen ihnen. Sie mussten sich gestritten haben.

Eine Woche später durften wir Geschwister mit unserer Haushaltshilfe Ursel Müller ins Kino – eine große Seltenheit. Der Film, den die Eltern als für uns passend ausgewählt hatten, ist mir entfallen. Die *Wochenschau* jedoch blieb mir lebhaft im Gedächtnis, denn sie zeigte, was wir am Abend des 30. Januar selbst nicht hatten sehen können: Ganz aus der Nähe erkannte man die SA und die Stahlhelmverbände, die zuerst an Hindenburg und dann an dem etwa hundert Meter weiter am Fenster der Reichskanzlei stehenden Hitler vorbeizogen. Die Gesichter der Marschierenden wurden gezeigt, darunter Jungen und Mädchen, die nicht viel älter waren als ich. Sie blickten todernst, und sie sangen genau so, wie ich es selbst gern getan hätte, begeistert und erfüllt von etwas, das ich damals erst langsam zu ahnen begann.

Auf dem Heimweg sagte Ursel zu uns: »Das ist so wie bei

Kriegsbeginn 1914, als ich so alt war wie ihr heute. Damals waren die Menschen auch so begeistert! Endlich gilt Deutschland wieder etwas in der Welt.« Ich sah, wie Eberhard zustimmend nickte, und ich nickte mit.

Die Meistersinger

Zu meinem elften Geburtstag am 26. Mai durfte ich mit meiner Mutter in die *Meistersinger von Nürnberg*. Sie kannte diese Oper in- und auswendig, denn sie hatte die Rolle der Eva ja selbst gesungen. Am Abend vor dem großen Ereignis setzte sie sich an mein Bett und erzählte mir die Geschichte der Wagner-Oper aus dem Nürnberg der Reformationszeit: Eva, die Tochter des Goldschmieds Veit Pogner, soll – so will es der Vater – nur der bekommen, der als Sieger aus einem Sängerwettstreit hervorgeht. Eva aber liebt den Ritter Walther von Stolzing, der schon um sie angehalten hat, und dem es dann auch tatsächlich gelingt, sie zu erringen.

Die volle, dunkle Stimme meiner Mutter war weich wie Samt und nahm mich mit in eine mir bisher unbekannte Welt, in der sie zu Hause war. Ich sah die Szenen leibhaftig vor mir und glitt darüber in den Schlaf.

Die Aufführung am Abend danach war jedoch eine herbe Enttäuschung. Die Musik überwältigte und quälte mich zugleich, und alles war so anders, als ich es mir vorgestellt hatte. Trotz der Erklärungen meiner Mutter verstand ich nur einen Bruchteil dessen, was gesungen wurde, und ich konnte der Handlung nur mit Mühe folgen. Seltsamerweise sind mir aber die Schlussworte des Meistersingers Hans Sachs im Ohr geblieben:

Zerging in Dunst das heil'ge röm'sche Reich,
uns bliebe gleich die heil'ge deutsche Kunst!

Auf dem Heimweg fragte ich meine Mutter, was das »heilige Römische Reich« sei und was es mit der deutschen Kunst zu tun habe. »Heilig« war für mich ein Wort, das in den Religionsunterricht gehörte. Was hatte es hier auf der Bühne zu suchen und auch noch in Bezug auf Kunst? »Kunst ist das Höchste im Leben«, sagte meine Mutter ernst, ihre Stimme zitterte leicht dabei. Ich glaubte sie zu verstehen und fühlte mich ihr nah.

Die Frage

In diese Zeit fiel ein Erlebnis in den Sommerferien, die ich bei Lisa auf ihrem Landgut verbringen durfte. Ich lebte in ihrem Junggesellinnenhaushalt fast wie eine Tochter. Tagsüber war ich meist mit Gertrud zusammen, einem der Kinder des Gutsverwalters Pattke. Mit ihr spielte ich alles, was man auf einem Gutshof so spielen kann: Wir streunten zusammen durch die Ställe, kletterten auf den Heuboden und gruben uns Gänge durchs Heu. Oder wir besuchten die alte Warwitz im Kälberstall, wenn sie am Tränken war. Dazu füllte sie einen Blecheimer mit Milch und stellte ihn einem der Tiere vor die Nase. Wenn es nicht recht wollte oder noch nicht aus dem Eimer zu trinken gelernt hatte, hielt sie ihre Hand hinein, mit dem ausgestreckten Zeige- und Mittelfinger nach oben. Das Kälbchen schleckte an den Fingern, bekam dabei etwas Milch ins Maul und zog dann an, während die Warwitz ihre Finger wegnahm. Wir durften es auch probieren, und ich erschrak immer ein bisschen, wenn die raue Zunge des Kalbs mir über die Hand fuhr. Dann lachte die Warwitz, dass man ihre Zahnlücken sehen konnte.

Sehr gern half ich auch Gertrud beim Versorgen ihrer Angorahasen. Die hielt sie in einem kleinen grünen Holzhäuschen auf vier Pfählen, das als Stall diente. Ich ging ihr beim Füttern und

Ausmisten zur Hand, und manchmal packten wir die Hasen in einen großen Weidenkorb, trugen sie auf die abschüssige Wiese vor dem Gutshaus und ließen sie dort frei herumspringen.

So saßen wir mit den Tieren an einem warmen, sonnigen Nachmittag wieder einmal im Gras, redeten und lachten miteinander. Manchmal stand eine von uns auf, um eines von ihnen das sich zu weit entfernt hatte, zurückzuholen. Schließlich legte ich mich auf den Rücken, vergaß die Hasen und sah zu Gertrud mit ihren dicken, blonden Zöpfen hinüber, die in prächtigen »Korkenzieherlocken« endeten. Ich war damals sehr unzufrieden mit meinem Aussehen, vor allem mit meinen zum Bubikopf geschnittenen dünnen, dunkelbraunen Haaren. In diesem Augenblick tauchte ein sonderbarer Wunsch in mir auf: Ich wünschte mir, Gertrud zu sein, diese Gertrud dort, mit ihren blonden Zöpfen.

Ich starrte hinauf in den Himmel mit seinen ziehenden Wolken, studierte ihre ständig wechselnden Formen: Was vor Kurzem ein Elefant mit nach oben gerecktem Rüssel schien, war nun ein Engel, der mit der Hand vorwärtswies und sich dabei schon wieder veränderte, bis die Wolke auch diese Gestalt verlor und sich dann ganz auflöste. So lag ich lange, fasziniert von dem Spiel immer wieder neuer Wolken und ihren ineinander übergehenden Formen. Gertrud sagte etwas, aber es erreichte mich nicht. Ich war weit weg, mein Blick verlor sich dort oben.

Warum, fragte ich mich, warum bin ich eigentlich ich und nicht Gertrud oder irgendjemand anderer? Warum nur?

Eine Zeit lang schwebte ich wie gebannt vor dieser verschlossenen Tür, diesem blauschwarzen Loch im hellen Himmel. Aber ich war und blieb ebendieses Kind ebendieser Eltern, das zusammen mit seiner Spielkameradin im Gras lag, auf einer Wiese nahe Berlin.

Die Frage aber ist in meinem Leben immer wieder aufgetaucht.

Herbe Verluste

Im Januar 1935 war die Volksabstimmung im Saarland. Selbst mein Vater schien glücklich über den Ausgang, und meine Mutter war begeistert. Ursel, unsere Haushaltshilfe, kehrte von ihrem freien Nachmittag wie im Taumel zurück. Sie erzählte, große Volksmassen hätten das überwältigende Ergebnis für die Heimkehr der Saar ins Reich gefeiert, und im Saarland hätte es nur ganz vereinzelte Verräter gegeben, die sich zu Frankreich bekannten.

Nicht lange danach aber traf uns ein schwerer Schlag: Meine Mutter war – so hatte sie uns gesagt – vierzehn Tage zu einer Kur in Baden-Baden. Deshalb saßen Eberhard und ich allein beim Frühstück, als unser Vater eintrat. Ich erschrak, denn ich hatte ihn noch nie so bleich gesehen.

»Mutter hat uns verlassen«, sagte er und wollte weiterreden, aber die Stimme versagte ihm. Er drehte sich wieder um und ging.

Die zunehmenden Spannungen zwischen den Eltern hatte ich bemerkt, aber das plötzliche Verschwinden meiner Mutter machte mich wütend und traurig zugleich. Wie konnte sie so etwas tun? Kein Abschied! Keine Erklärung! Ohne sie war unser Haus leer und kalt. Abends, wenn Ursel uns eine gute Nacht gewünscht hatte, lag ich noch lange wach und grübelte, wo sie wohl sein könne und wie es ihr gehe. Manchmal schlich ich mich zu Eberhard ins Zimmer und schlüpfte in sein Bett. Wir redeten und redeten, aber auch er verstand unsere Mutter nicht.

Mein Vater engagierte eine Haushälterin, Frau Jakob, die sich speziell um uns kümmern sollte. Aber ich mochte Ursel viel lieber. Frau Jakob war mir in ihrer betulichen Art peinlich, und auch mein Bruder ließ sich nichts von ihr sagen. Vater gegenüber taten wir so, als sei alles in Ordnung, und Frau Jakob gab ihre Bemutterungsversuche schließlich auf. So unähnlich wir Geschwister uns äußerlich waren – Eberhard mit seinem rotblonden Haar und hellen Augen glich der Mutter, ich mehr dem dunkelhaarigen Vater –, in diesen Tagen entstand eine enge Freundschaft zwischen uns. Wir besprachen alles, was uns bewegte, und gaben uns gegenseitig Halt.

Dann kam der nächste Schlag. Im Herbst dieses Jahres erzählte mir Marga eines Tages, dass sie und ihre Familie nach Amerika auswandern würden, wahrscheinlich für immer und schon sehr bald. Ihr Vater, ein angesehener Bankier, habe immer mehr Schwierigkeiten in seinem Beruf. Er hatte ihr erklärt, dass nach dem Erlass der Nürnberger Gesetze das Leben für Juden in Deutschland zunehmend schwieriger und eines Tages womöglich gefährlich werden würde, und davor wolle er sich und seine Familie schützen. Ich war wie vor den Kopf gestoßen, denn ich hatte nicht einmal gewusst, dass Marga Jüdin war. Ich verstand nichts.

Nicht lange danach lud sie mich ein und sagte, es sei das letzte Mal. In ihrem Garten versuchten wir wie gewohnt, uns in unser Spiel mit den Bären zu vertiefen, aber es ging nicht mehr. Unser Spiel hatte schon vor einiger Zeit durch das Zusammentreffen mit den Jungen Pionieren einen Riss bekommen, und nun war es vollends zerbrochen. Die Bärchen waren in unseren Händen nur noch kleine, behaarte Püppchen ohne Leben.

»Mir fällt heute nichts Rechtes ein«, sagte ich zu Marga, »und ich komme mir lächerlich vor, so zu tun, als wäre nichts los. Dabei hast du diese große Reise vor dir und ein ganz anderes Leben!«

Meine Freundin nickte. »Mir geht es genauso. Ich muss immer an Amerika denken, das ich ja gar nicht kenne und das mir Angst macht. Mein Vater hat mir erzählt, dass es in New York, wo wir erst mal hinziehen, furchtbar hohe Häuser gibt, Wolkenkratzer, und außerdem viele Neger. Auf einer Insel im Hafen steht die Freiheitsstatue, die die Einwanderer, die in diesem Land der Freiheit ankommen, begrüßt, so hat mein Vater gesagt. Sie ist riesig, wie alles dort.«

Marga sah mich Hilfe suchend an, aber ich wich ihrem Blick aus. Es schnürte mir die Kehle zu. – So redeten wir hin und her, und als es dann Zeit war zu gehen, verabschiedete ich mich von Margas Mutter. »Ich habe mich bei Ihnen immer wie zu Hause gefühlt, vielen Dank«, sagte ich und schluckte die Tränen hinunter. Sie strich mir traurig lächelnd über den Kopf: »Leb wohl, Eva. Marga wird dich sehr vermissen!«

Ich machte mich auf den Heimweg, und Marga begleitete mich. Wir gingen stumm nebeneinanderher, hinaus aus dem Tor, durch das ich so oft eingetreten war in diesen Garten der Kindheit. Ich sah sie von der Seite an, und wieder stiegen mir Tränen in die Augen. An der Stelle, an der wir uns auch auf dem Rückweg von der Schule meist getrennt hatten, gaben wir uns die Hand, flüchtig, um den Schmerz nicht zu spüren, hilflos. Marga wandte sich rasch um, und ich sah ihr lange nach. Sie, die sonst so schnell und leicht lief, ging schwer und schleppend, als klebten ihre Füße am Boden. Aber sie schaute nicht mehr zurück und verschwand dann hinter einer Hausecke. Mir wurde übel. Wie sollte das Leben weitergehen?

Am nächsten Tag erschien sie nicht in der Schule. Herr Obermeier, unser Klassenlehrer, erklärte uns kurz, dass ihre Eltern Juden seien. Deutschland würde von der heimlichen Herrschaft dieser fremden Rasse bedroht, und deshalb wäre es besser, wenn möglichst viele auswanderten.

Auf dem Heimweg, den ich ja sonst immer mit Marga gemeinsam zurückgelegt hatte, gingen mir die Worte von Herrn Obermeier durch den Kopf. Ich konnte sie nicht mit meinen Erfahrungen in Margas Elternhaus zusammenbringen. Niemals hatte ich mich dort bedroht, sondern immer freundlich aufgenommen und wohlgefühlt. Dabei wurde mir erst richtig klar, dass dieser Abschied gestern endgültig war.

Du kannst Dir vielleicht vorstellen, Hanna, wie traurig ich war.

Wenn ich heute in diese Zeit zurückschaue, scheint mir, dass der Augenblick des Abschieds für uns beide auch den Abschied von unserer Kindheit bedeutete. Ich zumindest war mit einem Mal ausgeschlossen aus dem Reich der Fantasie, in dem ich mich mit Marga bisher getroffen hatte und das von kleinen, in Höhlen wohnenden Bären bevölkert war. Ich war plötzlich hineingestoßen in die Welt der Erwachsenen und wurde mitgenommen von dieser furchtbaren Woge des Hasses, die damals unseren Kontinent überspülte und Marga in ein anderes Land, weit im Westen, über den Ozean hinweg mitgenommen hatte. Diese Welle, die mich – einige Jahre später – in den Osten trug, begeistert in der Liebe zum Vaterland, taub aber für die Melodie der Rache und des Hochmuts, die diese Liebe vergällte und sich durch unsere Lieder zog:

Es zittern die morschen Knochen
Der Welt vor dem roten Krieg

Diese Verse sollte ich auch mit meinen Arbeitsmaiden singen, ohne darüber nachzudenken, was das eigentlich bedeutete, wenn man Worte benutzte wie diese:

Wir werden weiter marschieren,
wenn alles in Scherben fällt,
Und heute gehört uns Deutschland,
Und morgen die ganze Welt.

Vorerst war ich jedoch noch die Zwölfjährige, die es nicht wagte, ihrem Vater gegenüber ihren Verlust zu erwähnen, aber abends im Bett ihrem Bruder Eberhard davon erzählte.

»Es ist schlimm für dich, aber es ist richtig, was der Obermeier gesagt hat. Wir alle müssen Opfer bringen für Deutschland.« Er lag auf dem Rücken und starrte zur Decke.

Ich sah ihn von der Seite an, rückte etwas von ihm ab und legte mich ebenfalls auf den Rücken, den Blick zur Decke. Das Bild des geschundenen Deutschlands mit verhülltem Haupt, umringt von einer Schar mit blitzenden Schwertern bewaffneter Männer, kam mir wieder Sinn. So schlief ich ein.

Vaters Geheimnis

Bei den Olympischen Spielen im Jahr 1936 zeigte Deutschland zwar noch einmal sein friedliches Gesicht. 1938 aber marschierten die Deutschen in Österreich ein und besetzten das Sudetenland. Im Münchner Abkommen, zu dem der britische Premier Neville Chamberlain nach Deutschland reiste, wurde die Tschechoslowakei gezwungen, das Sudetenland abzutreten.

Dass mein Vater schon 1936 die Widerstandsgruppe unterstützte, die später das Attentat vom 20. Juli 1944 plante, davon wussten wir Geschwister nichts, aber es war der Hintergrund zu einer Szene, die mir Eberhard schilderte, als wir abends wieder einmal nebeneinander im Bett lagen:

»Ich war heute Nachmittag in unserem Wohnzimmer, als plötzlich Vater mit einem Gast in erregtem Gespräch hereinkam. Ich versteckte mich rasch hinter dem Sofa, und sie sahen mich nicht. Vater bat seinen Gast am Tisch Platz zu nehmen, wo das Gespräch immer lebhafter wurde, sodass ich jedes Wort verstand. Ich wusste, dass meine Anwesenheit nicht in Ordnung war, aber ich wagte nicht, mich bemerkbar zu machen. Soweit ich den Gast verstehen konnte, sprach er davon, dass er aus Protest gegen die Verfolgung der Juden sein Amt niedergelegt habe und nun ohne Stellung sei. Dann redeten die beiden Männer längere Zeit in gedämpftem Ton, sodass ich kaum noch etwas hören konnte, bis auf den einen Satz, den Vater in ohnmächtiger Wut hervorstieß: ›Warum bringt denn diesen Kerl niemand um?‹ Er hat wohl Hitler gemeint! Wie kann er so etwas sagen?!« Eberhard war empört. »Wie kommt er auf die Idee, dass man Adolf Hitler umbringen müsse, den Mann, der Deutschland wieder zu Ehren gebracht hat?«

Ich stimmte ihm aus ganzem Herzen zu, und das Bild des bedrängten Vaterlands tauchte wieder vor mir auf.

Heft 2

Endlich im Dienst fürs Vaterland (1936–1945)

Bei den Jungmädeln

1936 im Dezember wurde die Mitgliedschaft in der »Hitlerjugend« zur Pflicht, und Eberhard meldete sich zur Flieger-HJ. Flugmodellbau war seine größte Leidenschaft. Er entwarf seine Modelle selbst und saß oft Nachmittage und Abende lang über den erstaunlichsten Gebilden, die er aus Sperr- und Balsaholz fertigte, um sie dann mit Stoff zu überziehen, den er mit Spannlack festigte. Noch heute habe ich diesen intensiven Azetongeruch in der Nase, wenn ich an ihn denke.

Ich beneidete ihn um diese Lieblingsbeschäftigung, denn ich litt, seit Marga nicht mehr da war, häufig unter Langeweile. Deshalb begleitete ich ihn oft, wenn er, um seine Modelle fliegen zu lassen, einen Hügel in einem nahe gelegenen Park hinaufstieg. Das Modell hoch über dem Kopf in der Hand haltend, rannte er dann den Berg hinunter und ließ los, sobald der weiße Vogel genügend Luft unter den Flügeln hatte und davonschwebte. Leider standen um diesen Hügel eine Menge großer Bäume, in denen die Modelle allzu häufig landeten, wobei einige mehr oder weniger vollständig zu Bruch gingen. Am nächsten Tag aber setzte mein Bruder sich unverdrossen an seinen Basteltisch und reparierte, was zu reparieren war, oder er begann ein neues Modell zu entwerfen.

Bei der Flieger-HJ war er nun unter Gleichgesinnten, und er erzählte mir enthusiastisch, dass Deutschland dabei sei, wieder eine schlagkräftige Luftwaffe aufzubauen. Dort wollte er einmal selbst fliegen lernen und Pilot werden.

Auch ich meldete mich nun bei den Jungmädeln an, ehe ich dazu aufgefordert wurde. Vater sagten wir erst einmal nichts davon. Das war leicht, weil es kaum Gespräche zwischen ihm und uns gab. Es war jedoch klar, dass es ihm nicht recht sein würde. Schließlich stellten wir ihn vor vollendete Tatsachen, und da es Pflicht geworden war, konnte er nichts dagegen einwenden. Er musterte uns mit einem resignierten Blick und schwieg.

Weil ich schon dreizehn war, wurde ich nach einem halben Jahr zur Gefolgschaftführerin ernannt, und war glücklich. Endlich musste ich mich nicht mehr schämen, wenn ich an die Pionierinnen in ihren grauen Uniformen dachte, die mit ernsten Gesichtern in Reih und Glied marschierten. Endlich hatte ich den Zugang zum »richtigen« Leben gefunden, und wenn ich neben meiner Gefolgschaft hermarschierte, fühlte ich mich ganz im Dienst einer Sache, von der ich allerdings nur eine vage Vorstellung hatte. Diese Sache hatte mit Deutschlands beklagenswertem Zustand zu tun, und wenn wir bei feierlichen Gelegenheiten das Lied »Heilig Vaterland ...«, sangen, das ich schon aus der Schule kannte, war ich vollkommen hingerissen. Bei der Schlussstrophe sah ich mich nun selbst unter diese Männer mit den blitzenden Schwertern eingereiht, die sich zusammengeschlossen hatten, um das in Bedrängnis geratene Vaterland zu schützen.

Am 21. Dezember feierten wir das Julfest, und ich trug ein Gedicht des Reichsjugendführers Baldur von Schirach vor, das ich heute noch auswendig kann. Darin ist von »herrlicher, kommender Zeit« und vom »gläubigen Hoffen« die Rede. Der letzte Vers lautet:

Stehet über dem Staube,
Ihr seid Gottes Gericht.
Hell erglühe der Glaube
An die Schwelle im Licht.

Als ich geendet hatte, erschien es mir, als stünde ich wie in eine zum Himmel lodernde Flamme gehüllt im Halbdunkel des Raums, in dem die Mädchen – versammelt um einen mit Kerzen, Tannenzweigen, Äpfeln und Lebkuchen geschmückten Tisch – das Lied »Hohe Nacht der klaren Sterne …« anstimmten
Nun war ich mir endlich sicher dazuzugehören.

Im nächsten Jahr fragte mich Frau Seitel, ob ich nicht wie einige andere ihrer Schülerinnen Musik studieren wolle. Ich war sehr stolz, begann fast die ganze Freizeit mit meiner Geige zu verbringen und fühlte mich dabei meiner Mutter nah. Die Sehnsucht nach Marga aber, die wieder und wieder in mir aufstieg, unterdrückte ich.

Im Jahr 1938 war ich fünfzehn, und unsere Gruppenführerin schlug mir vor, in den Sommerferien eine Führerinnenschulung mitzumachen. Ich nahm das Angebot freudig an, verheimlichte es jedoch wieder einmal vor meinem Vater. Das war nicht schwer, denn immer noch nahm er uns kaum wahr, wenn wir uns bei den selten gewordenen gemeinsamen Abendessen meist schweigend gegenübersaßen. Ich wusste nicht, dass dies unter anderem damit zusammenhing, dass er seinerseits uns gegenüber etwas verheimlichte, nämlich seine stets intensiver werdende Widerstandstätigkeit. Er musste fürchten, entdeckt zu werden, und wollte uns Kinder und sich nicht durch unsere Mitwisserschaft gefährden. Womöglich spürte er zudem, dass er sich unserer Loyalität nicht mehr sicher sein konnte, und er hatte wohl recht damit. Denn ich kann mir kaum vorstellen, dass ich mich zu diesem Zeitpunkt noch von ihm hätte abbringen lassen, mich in den Dienst dieser Bewegung zu stellen, der ich mich ganz zugehörig fühlte, während er immer entschlossener dagegen kämpfte.

Von dem Schulungslager kehrte ich noch überzeugter zurück, als ich hingegangen war. Das Zusammensein mit gleichaltrigen, gleichgesinnten Mädchen hatte mich in der Begeisterung für unsere Aufgabe bestärkt. So kam es, dass ich das folgende Erlebnis bald wieder vergaß: Auf dem Schulweg musste ich durch eine enge Straße mit kleinen Läden. Als ich am Morgen des 9. November hier durchlief, waren zu meiner Überraschung viele Schaufenster eingeschlagen, und der Bürgersteig war übersät mit Scherben und Resten zertrümmerter Möbel. Zu sehen war niemand. Es war mir unheimlich. Ich hatte das Gefühl, dass hier etwas Schreckliches, etwas unvorstellbar Brutales geschehen war, und ging rasch weiter. In der Schule erklärte uns Herr Obermeier, dass sich in dieser Nacht der Volkszorn gegen die Juden entladen habe. Es sei auch gut und richtig, dass mehrere Synagogen in Flammen aufgegangen und viele Volksfeinde verhaftet worden seien.

Als ich das hörte, wiederholte sich etwas, das sich beim Abschied von Marga zum ersten Mal in mir abgespielt hatte und sich in den folgenden Jahren viele Male wiederholen sollte: Ich akzeptierte das Geschehene als notwendig, ohne irgendwelche Kritik. Ich sagte mir: »Die Juden sind unsere Feinde, und sie haben das heute Nacht zu spüren bekommen.« Dann verdrängte ich den Vorfall unbewusst aus meiner Erinnerung.

Es ist sicher nicht leicht für Dich, Hanna, das zu verstehen. Tatsache aber ist, dass ich gelernt habe, immer schneller mit Verdrängung zu reagieren, wenn ich etwas erlebte, das mich hätte wachrütteln können. Sonst hätte ich nicht bis zum Ende des Krieges und noch einige Zeit danach blind sein können für alle Verbrechen, die unter diesem Regime verübt worden sind. So hat mein Unbewusstes mich geschützt vor Einsichten, die mir meine damalige Daseinsgrundlage weggerissen hätten: den unbedingten Glauben an Deutschland und seinen Führer Adolf Hitler. Hier liegt aber auch der Keim dessen, was später als Schuld auf mir lastete: Die Schuld, trotz der Ahnung, dass Schreckliches geschah, nicht nachgefragt zu haben.

Überraschendes Wiedersehen

Als Frau Seitel mich im Frühjahr 1939 in die Wagner-Oper *Lohengrin* einlud, war ich erst verunsichert. Ich dachte sofort an den Besuch der *Meistersinger* mit meiner Mutter und ihr rätselhaftes Verschwinden bald darauf. Aber ich freute mich natürlich auch darüber und nahm die Einladung an.

Auf dem Programm standen lauter mir unbekannte Namen. Aber als die flirrende Schönheit der Ouvertüre aufklang, klopfte mein Herz seltsam stark, und als sich der Vorhang hob und ich in Elsa meine Mutter erkannte, verschlug es mir fast den Atem. Ich hatte keine Ahnung, dass sie inzwischen unter dem Künstlernamen Marina Frey eine gefeierte Sängerin geworden war. Ich war in diesem Augenblick unsäglich stolz auf sie, spürte aber gleichzeitig den Schmerz über ihr Weggehen damals, so unvermittelt und ohne Erklärung. Und während der Aufführung wurde ich zwischen Bewunderung, Trauer und Empörung hin und her gerissen. Als sich dann der Vorhang senkte und die Sänger sich alle zusammen und dann einzeln vor dem Publikum verneigten, erhielt meine Mutter rasenden Sonderapplaus. Ich stand auf und klatschte mit, während mir die Tränen über die Wangen liefen.

Noch wie betäubt, fragte ich Frau Seitel auf dem Heimweg, ob sie gewusst habe, dass meine Mutter die Elsa sang.

»Ja, das wusste ich«, erklärte sie. »Ich habe sie in den letzten Jahren öfter gesehen, und wir sind enge Freundinnen geworden.

Durch mich weiß sie auch von deinen Fortschritten auf der Geige und von deinem Einsatz beim BDM. Sie ist stolz auf dich.«

»Warum haben Sie mir nie gesagt, dass Sie wissen, wo meine Mutter ist?«

»Sie wollte nicht, dass du das weißt. Wir haben einige Male darüber gesprochen, ob es besser sei, es dir zu sagen oder nicht. Sie war aber überzeugt, wenn du es wüsstest, würde das alles noch schwerer machen. Als sie jedoch dieses Engagement an der Staatsoper bekam, konnte sie sich endlich dazu durchringen, dich wiederzusehen.«

Ich schwieg betroffen, und wir gingen weiter.

Plötzlich blieb Frau Seitel stehen, sah mir ins Gesicht und sagte: »Willst du mit ihr sprechen, Eva? Sie wartet darauf.«

»Ja«, erwiderte ich, ohne zu zögern. »Fragen Sie sie bitte, wo wir uns sehen können!« Ich erschrak vor mir selbst, als ich das gesagt hatte, aber ich wollte es auch nicht zurücknehmen.

Wir trafen uns in ihrem Hotelzimmer. Als sie auf mein Klopfen öffnete, stand ich wie versteinert auf der Schwelle: Drei Jahre hatte ich sie nicht gesehen! Ihr rundes, weiches Gesicht war nicht mehr ganz das, an das ich mich erinnerte. Ihr Make-up verbarg nur unvollständig die inzwischen zahlreichen Fältchen, und ihre Haare waren stark rot getönt, wohl um das Grauwerden zu verbergen.

»Komm doch herein«, sagte sie fast schüchtern.

Ich war einen Moment ratlos, ob ich ihr die Hand oder einen Kuss geben sollte. Es fiel mir auf, dass ich fast einen Kopf größer war als sie. Um sie zu küssen, hätte ich mich nicht mehr wie früher auf die Zehen stellen, sondern leicht hinunterbeugen müssen. Das verwirrte mich, und ich gab ihr die Hand. Sie wollte mich an sich ziehen, aber ich blieb steif. Empörung stieg in mir hoch.

»Warum hast du uns gar nichts gesagt, als du weggegangen bist?«, fragte ich.

»Vielleicht habe ich es falsch gemacht, aber ich dachte, es ist besser so.« Ihr Blick war fast bittend, als sie fortfuhr. »Du machst so große Fortschritte auf der Geige, das hat Grete mir erzählt, und dann warst du auch auf der Führerinnenschulung!« Sie lächelte mich an. »Ich bin froh, dass auch du dich für diese große Sache einsetzt! Jeder wird gebraucht, selbst die Jüngsten!«

Das waren neue Töne aus ihrem Mund. Früher hatte sie sich nie über Politisches geäußert, das hatte sie nicht interessiert. Ich horchte auf.

»Hubert hat mir klargemacht, dass Deutschland in Gefahr ist und dass jeder – auch wir Künstler – aufgerufen ist, dem Vaterland zu dienen. Wir alle können dazu beitragen, dass die Welt wieder Achtung vor unserem Volk bekommt.«

»Wer ist Hubert?«

»Der Mann, mit dem ich jetzt zusammenlebe. Er ist ein hoher Offizier in der Waffen-SS, und du solltest ihn kennenlernen. Er ist ein wunderbarer Mensch, und er schätzt mich auch als Sängerin, ganz im Gegensatz zu deinem Vater. Endlich kann ich wieder auf der Bühne stehen. Hoffentlich kommt es aber nicht zum Krieg, dann müsste er ins Feld. Das könnte ich nicht aushalten!«

Plötzlich stand sie bleich und klein vor mir. Doch dann richtete sie sich auf und fuhr fort: »Der Führer weiß, was er tut. Aber ich mache mir trotzdem Sorgen, was aus euch wird, falls es wirklich zum Krieg kommt. Eberhard wird dann eingezogen. Bitte grüße ihn herzlich, und frage ihn, ob er nicht auch Lust hat, mich zu treffen.«

Während sie sprach, bemerkte ich, dass ich sie wegen ihrer großen Sorge, die sie sich um ihren jetzigen Mann und uns machte, zu verachten begann. Wie konnte sie so klein denken! Es ging doch um eine große Sache, die wichtiger war als wir alle. Es ging doch um Deutschland.

Hitler

Du wirst Dich schon längst gefragt haben, Hanna, wie ich zu dem Mann, an dessen Weisheit ich unbedingt glaubte, innerlich stand. Ich habe ihn nur aus der Ferne gesehen bei Kundgebungen, auf denen er sprach. Aber sonderbarerweise hatte mich das nicht so stark beeindruckt, wie ich es von anderen hörte. Massenkundgebungen wie die große Militärparade zu seinem fünfzigsten Geburtstag am 20. April 1939, bei der wir endlos Spalier standen, mochte ich nicht besonders. Sicherlich hatte dieser stundenlange Vorbeimarsch von Militäreinheiten etwas Berauschendes, und ich war Teil der allgemeinen Begeisterung. Gleichzeitig war es mir unheimlich. Auch die Art, in der Hitler sprach, mochte ich nicht. In meinem Ohr dröhnt heute noch das Bellen seiner heiseren Stimme. Seine Beschimpfungen des hageren, regenschirmbewaffneten britischen Premiers Neville Chamberlain, seine Hasstiraden gegen die »bissige Bulldogge« Churchill und seine Schmähungen des »plutokratischen Weltjudentums«, all das machte mir Angst, aber trotzdem faszinierte es mich. Er hat bestimmt recht!, dachte ich. Wenn ich mit Eberhard darüber sprach, merkte ich, dass er es ähnlich sah.

Daraus jedoch zu schließen, dass ich nicht fest vom Führer überzeugt gewesen sei, wäre falsch. Ich empfand es als gut und gerecht, dass ein Mensch wie er, der selbst bitterste Armut durchgemacht und vier Jahre lang in vorderster Linie an der Front gekämpft hatte, an der Spitze unseres Vaterlands stand, und kein Vertreter des Adels oder der Oberklasse. Ich glaubte bedingungslos an ihn, denn er war für mich der Inbegriff der Volksgemeinschaft und des Volkswillens. Er würde die Schmach des Vaterlandes tilgen und das Versailler Diktat zunichtemachen. – Was mich besonders in seinen Bann nahm, war seine Ankündigung, die im Osten verloren gegangenen Grenzgebiete und die dort lebenden Volksdeutschen ins Reich heimzuholen.

Im Deutschunterricht nahmen wir damals eine Ballade von Agnes Miegel durch. Sie schildert eine Szene aus der Ostlandfahrt der Nibelungenkönige zu König Etzel, Kriemhilds zukünftigem Ehemann. Sie sitzen abends in einer dunkeln Halle zusammen. Draußen pfeift der Ostwind, und der Burgunderkönig Gunther ist beunruhigt. Die schöne Kriemhild aber:

... kauerte nah der Glut,
Von ihren schmalen Händen
Zuckte der Schein wie Gold und wie Blut
Und sprang hinauf an den Wänden.

Volker, der Spielmann, von König Gunther zum Singen aufgefordert, beginnt einen immer wilder werdenden Gesang, in dem er die unheilvolle Wirkung des Hortes und den Untergang voraussagt. Gunther hört gebannt und verstört zu, jedoch Kriemhild lacht wild auf und ruft:

... Nie hab ich ein Lied gehört,
Das mich lustiger machte!

Und wieder kniete sie nieder

... und schürte die Glut.
Von ihren schmalen Händen
Zuckte der Schein wie Gold und wie Blut
Und sprang hinauf an den Wänden.

Unzählige Male habe ich mir dieses Gedicht laut vorgelesen, bis ich es auswendig konnte. In der Schule hatten wir die Nibelungensage als deutsches Nationalepos ausführlich durchgenommen einschließlich der Ostfahrt. Dabei hatte mich die Figur des heldenhaften Hagen von Tronje besonders fasziniert, jenes Mannes, der den Nibelungenhort versenkt hatte. Und als wir einen Aufsatz darüber schreiben mussten, konzentrierte ich mich im Wesentlichen auf ihn. Die Treue, die er seinem König hielt, wodurch er sogar zum Meuchelmord an Siegfried bereit war, ergriff mich bis ins Innerste. Den letzten Satz, den ich mit tiefer Bewegung niederschrieb, habe ich noch im Gedächtnis: »In vielen Menschen erweckt der Name dieses Mannes Furcht und Abscheu. Mir aber scheint, dass er so, wie er war, sein musste. Er war übermenschlich groß in seiner Treue, in seiner Einsamkeit und in seinem tiefsten Leid.«

Ich bekam eine Eins. Mein Aufsatz war der beste der Klasse.

Krieg

Als am 1. September 1939 die deutsche Wehrmacht in Polen einmarschierte, kam ich gerade von meinem zweiten Lehrgang in der Reichsführerinnenschule des BDM zurück. Ich war dort glücklich gewesen, und neben weltanschaulicher Schulung und Sport hatten wir viel gemeinsam gesungen und musiziert. Ich fand eine Kameradin, die ebenso wie ich für Bach schwärmte. Wir trafen uns häufig in der Freizeit, um zusammen zu geigen. Die Erinnerungen an Marga blieben als flüchtiger Schatten im Hintergrund, und bald verschwanden sie völlig hinter dem Gefühl des Aufgenommenseins in die Gemeinschaft derer, die die Zeichen der Zeit erkannt hatten. Ich brannte danach, mich größeren Aufgaben zu stellen.

Am Morgen dieses 1. September saßen Eberhard und ich mit unserem Vater beim Frühstück. Er las in einer Sonderausgabe seiner Zeitung, was wir schon wussten, denn Eberhard hatte im Radio gehört, dass um fünf Uhr fünfundvierzig die deutsche Wehrmacht den Einmarsch in Polen begonnen hatte als Antwort auf eine der vielen polnischen Provokationen. Die Atmosphäre im Zimmer war zum Zerreißen gespannt, ich hörte nur das nervöse Rascheln der Zeitung.

»Wenn es wirklich zum Krieg kommt, melde ich mich freiwillig zur Luftwaffe.« Eberhards Stimme klang schneidend. Ich sah begeistert und entsetzt zugleich zu ihm hinüber, ein Leben ohne ihn konnte ich mir nicht vorstellen. Andererseits wünschte ich mir nichts sehnlicher, als schon älter zu sein, um selbst aktiv an dem, was bevorstand, teilnehmen zu können. Vater erhob sich und verließ wortlos das Zimmer.

Erst heute, nachdem ich mit Dir, Hanna, mit umgekehrten Vorzeichen etwas Ähnliches erlebt habe, kann ich ermessen, wie furchtbar es für ihn gewesen sein muss, mit den eigenen Kindern nicht offen sprechen zu können, um sich und die Sache, für die er stand, nicht zu gefährden. – Wie würde ich Dir wünschen, dass Du diesen Vater gehabt hättest, einen Vater, der das Regime, dem ich glühend anhing, hasste!

Ich hatte im Radio die Rede des Führers vor dem Reichstag gehört. Es ist mir im Gedächtnis geblieben, wie er seinen Glauben an die deutsche Jugend zum Ausdruck brachte, die mit »strahlendem Herzen« erfüllen würde, was der nationalsozialistische Staat von ihr erwartete. Ich war fest entschlossen, diese Erwartung zu erfüllen. Aber erst einmal wurde ich enttäuscht, denn in der ersten Zeit wurde nichts Konkretes von uns Mädchen gefordert. Unsere Gruppenführerin bestellte alle Schar- und Gefolgschaftführerinnen zu einem Gespräch, in dem sie bekannt gab, dass außer einer Sammlung für das Winterhilfswerk im Augenblick nichts geplant sei. Zum Ernteeinsatz sei es zu spät, aber irgendwann würden wir wohl zur Betreuung von Verwundeten gebraucht. Vorerst könnten wir jedoch den nationalpolitischen Unterricht bei den Heimabenden auf Themen konzentrieren wie »Die Schmach von Versailles«, »Die Helden der Welt« oder die »Kämpfe im Baltikum und Oberschlesien«. Da mir das nicht lag, begann ich mit meinen Mädchen Lieder einzustudieren, um sie bei einem Lazarettbesuch vorsingen zu können. Ich stellte mir vor, dass das zu Weihnachten sicher der Fall sein würde.

Die Tatsache, dass Hitler dann im November dem Attentat des Schreiners Georg Elser um Haaresbreite entging, überzeugte mich dann einmal mehr von Hitlers Mission, Deutschland vor der Welt zu rehabilitieren.

Im Osten

In der Zeitschrift *Das Deutsche Mädel*, die ich mir jeden Monat kaufte, las ich einen Artikel, der mich tief beeindruckte und an den ich mich noch erstaunlich gut erinnere. Seine Überschrift lautete: »Jugend in der deutschen Ostfront«. Dort wurde über die Jugend des Warthegaus – wie das von uns besetzte Westpolen südwestlich der Warthe damals genannt wurde – gesprochen. An diese Jugend würden in der jetzigen Situation besondere Anforderungen gestellt, hieß es. Ihr bisheriges Schicksal sei hart gewesen, und ihre Losung in der Zukunft müsse heißen: Wir lieben ein hartes Leben. Dies verlange ein Hineinwachsen in das Bewusstsein der »weltweiten Berufung unseres Volkes«.

Der Artikel verstärkte meinen Wunsch, einmal im Osten Dienst zu tun.

Sobald ich im Frühjahr 1941 mein Abitur in der Tasche hatte, meldete ich mich sofort freiwillig zum Reichsarbeitsdienst (RAD) mit der Bitte, im Osten eingesetzt zu werden. Ich war froh, endlich von zu Hause wegzukommen, und fuhr erwartungsvoll zu einem Vorbereitungskurs, bei dem ich in einigen Grundkenntnissen geschult wurde, die ich bei meinem Einsatz, so sagte man mir, brauchen würde: Hauswirtschaft, Babypflege, Erste Hilfe, Krankenpflege und andere praktische Dinge, die mich allerdings wenig interessierten, weil ich glaubte, genug davon zu verstehen. Gott sei Dank dauerte der Kurs nur vier Wochen, danach saß ich endlich in dem Zug, der mich ins Wartheland brachte.

Es war eine ziemlich abenteuerliche Reise in überfüllten Zügen, und ich erhielt dabei einen ersten, meist ungünstigen Eindruck von der polnischen Bevölkerung. Das Dorf, in dem das RAD-Lager war, lag ungefähr zwanzig Kilometer von der nächsten Kreisstadt und fünfzig Kilometer östlich von Posen entfernt. Mir wurde bang zumute in dieser weiten, für meine Augen gesichtslosen Landschaft. Nichts als Stoppelfelder, verwildertes Weideland und Brache. Die Straßen waren ohne Konturen, weil jedes Fuhrwerk an den Rändern nach festerem Grund suchte. Der Horizont verschwamm im Uferlosen. Kleine Gehöfte duckten sich unter Pappeln, die nur an der äußersten Spitze belaubt waren. Schließlich, nach mehrmaligem Umsteigen und einem längeren Fußmarsch, nun schon in Begleitung einer Kameradin, die mich am Bahnhof abgeholt hatte, kam ich im Lagerdorf an. Ich wurde zur Leiterin gebracht, die mich herzlich begrüßte. »Ich bin informiert worden, du konntest es nicht erwarten, eingesetzt zu werden«, sagte sie und lachte. »Wir freuen uns, dich bei uns zu haben!« Ich wusste sofort: Dies ist der richtige Platz für mich.

Die Umstellung auf die primitiven Verhältnisse fiel mir nicht ganz so leicht, wie ich gedacht hatte, und ich war nun doch froh, dass ich einen Vorbereitungskurs absolviert hatte. Gleich am nächsten Tag nahm mich eine Kameradin mit zu einer hochschwangeren Bäuerin. Sie stammte aus dem im Nordwesten der Ukraine gelegenen Wolhynien und litt offenbar unter dem Schock der Umsiedlung. Ich sollte sie bei ihrer Niederkunft und danach betreuen. Die Kameradin bemerkte, dass das wohl nicht ganz leicht werden würde, und so war es dann auch: Wenn ich morgens auf dem Hof auftauchte, lagen die Bauersleute noch im Bett und die beiden Kühe standen hungrig im Stall. Außerdem traf die Frau keinerlei Vorbereitungen für ihr Wochenbett. Die Verständigung mit ihr war nicht leicht, zumal sie einen mir fast unverständlichen deutschen Dialekt sprach. Da ich aber mit dem Auftrag, die Geburt vorzubereiten, zu ihr geschickt worden war, machte ich mich sofort an die Arbeit. Ich wusch ihre Wäsche und fand in einem Winkel auf dem Speicher eine alte Wiege, die ich reinigte und mit einem passenden kleinen Strohsack versah. Weil die Bauersleute sagten, sie hätten keinen Pfennig übrig, kaufte ich ein Dutzend Windeln aus eigener Tasche.

Ich flickte zerrissene Bettwäsche und kochte sie aus, damit sie für die Geburt bereit wäre. Ging ich am Abend, sagte ich dem Mann, er solle unbedingt die Hebamme rufen, sobald die Wehen einsetzten. Das Ehepaar nahm meine Vorbereitungen und Ermahnungen stumm zur Kenntnis, sodass ich mich öfter fragte, ob sie mich überhaupt verstanden und was sie wohl dachten.

Eines Tages fand ich heraus, dass die Wiege in Stücke gehackt beim Brennholz und der Strohsack auf dem Mist lag. Der Mann war im Stall beschäftigt, und auf meine Frage, wo denn die Windeln seien, meinte er lakonisch: »Meine Frau hat sie verschenkt! Wenn ein Kind erwartet wird, darf man keine Vorbereitungen für die Geburt treffen, sonst stirbt es.« Ich war sprachlos. Die Bäuerin war völlig verzweifelt, sie schrie mich sogar an: »Sie sind schuld, wenn das Kind stirbt. Womöglich ist es schon tot!« Da verstand ich plötzlich, was in ihr vorgegangen war und wie ich ihr mit meinem Eifer Angst gemacht hatte. Ich versuchte sie zu beruhigen: »Glauben Sie wirklich, dass Gott Mütter bestraft, die für ihre Kinder sorgen?«

Später erfuhr ich, dass die wolhynischen Frauen ihre Kinder auf dem Schoß ihrer Männer gebären. Da wurde mir auch klar, warum der Mann sich standhaft weigerte, eine Hebamme zu holen.

Schließlich war das Kind da. Ohne Hebamme kam es in der Nacht auf dem Schoß des Bauern zur Welt. Mir und meinen Kameradinnen blieb nichts mehr zu tun, als der Wöchnerin am Abend ein Ständchen und einen Kuchen zu bringen, den sie mit Tränen in den Augen annahm

Wir machten aber auch ganz andere Erfahrungen. Zum Beispiel gab es Familien aus Bessarabien und Galizien, die großen Fleiß und einen unverwüstlichen Optimismus an den Tag legten. Sie hatten viel Zeit in einem Lager vertrödelt und brannten nun darauf, sich in ihrer neuen Heimat einzurichten. Sie zeigten uns Fotos ihrer stattlichen Höfe, und die Armseligkeit der neuen Wohnstätten erschreckte sie anfänglich, aber sie verloren nicht den Mut. Sie sagten: »Es wird nicht lange dauern, dann haben wir es wieder so schön wie in unserer alten Heimat!« Ihr Arbeitsfanatismus steckte an. Wenn wir hörten, wie sie in mondhellen Nächten pflügten oder ihre Scheunendächer reparierten, hätten wir ihnen am liebsten dabei geholfen.

Ich war in meinem Element und glücklich in dieser Gemeinschaft, die sich um Frauen kümmerte, und nahm die Vorbehalte, die diese teilweise gegen uns hatten, kaum wahr. Zu meinem Glück trug außerdem bei, dass sich eine Freundschaft zwischen der Lagerleiterin Mia Neumann und mir entwickelte. Offensichtlich schätzte sie meine Einsatzfreude.

Abends saß ich öfter mit ihr zusammen, und einmal erzählte sie mir von einem Brand, der vor unserer Ankunft in einem noch von Polen bewohnten Dorf in der Nähe ausgebrochen war. Es handelte sich um Brandstiftung von Partisanen, die sich nicht scheuten, ihren eigenen Leuten die Dächer über dem Kopf anzuzünden, um damit den Deutschen Schwierigkeiten zu bereiten. Sie beschrieb mit einem gewissen Stolz, wie sie zusammen mit ein paar Kameradinnen die polnischen Bauern vor der Panik bewahrt und Eimerketten organisiert habe, sodass sie schließlich

Herr der Lage wurden. Besonders drastisch schilderte sie die Kopflosigkeit einiger Frauen, die sich ängstlich an sie geklammert und »O Jäsus, Jäsus!« gerufen hätten. Gewaltsam habe sie sich losreißen müssen, um tätig werden zu können. Nachdem sie den ersten Schrecken überwunden hatte, sei sie völlig ruhig geworden und habe mit kalter Überlegung gehandelt. Während ihrer Erzählung sah ich sie vor mir, wie sie mit zerzausten Haaren unübersehbar dastand, die Menschen anwies und selbst Hand anlegte. Sie war in dieser Zeit ein Vorbild für mich, dem ich in voller Überzeugung nacheiferte. Zu meinem Bedauern habe ich sie später aus den Augen verloren. Der Krieg verschlug uns in verschiedene Richtungen, und ich habe sie noch lange vermisst.

Streit mit dem Vater

Weil mein Vater neuerdings kränkelte, nahm ich mir im Herbst ein paar Tage Heimaturlaub. Ich war überrascht, wie freudig er mich empfing. Er, der sich stets aufrecht gehalten hatte, ging nun leicht gebückt, als plagten ihn Schmerzen, und sein Gesicht war durchscheinend und blass. Als ich ihn so sah, tauchte in mir der unerwartete Gedanke auf, dass ich ihn vermissen würde, wenn er einmal nicht mehr lebte.

Die Nächte waren häufig von Fliegeralarm gestört, die Umstände waren aber gegen das, was ich später erlebte, noch harmlos. Völlig ungewohnt war für mich, dass mein Vater abends meist zu Hause war. Er lag dann auf einem Sofa, das in unserem großen Wohnzimmer in der Nähe des Kamins stand, in dem ein Feuer brannte. Ich setzte mich zu ihm und las, konnte mich aber nicht konzentrieren und starrte in die Flammen. Der Schluss des Miegel'schen Nibelungen-Gedichts kam mir in den Sinn, in dem

Kriemhild nahe der Glut kauert, während von ihren Händen »ein Schein wie Gold und wie Blut« zuckt. Plötzlich schreckte Vaters Stimme mich auf: »Erzähl mir doch, was ihr da so treibt im Wartheland.«

In seinen Worten schwang väterliches Interesse mit, aber ich hörte auch verhaltene Kritik heraus, und das störte mich. Trotzdem begann ich erst widerwillig, von meinen Erfahrungen im Lager zu sprechen, und je länger ich erzählte, desto mehr redete ich mich in Begeisterung. Mein Vater hörte lange schweigend zu, und ich fragte mich, was er wohl dachte.

Als ich ihm meine Erfahrungen mit der wolhynischen Bäuerin schilderte, sagte er plötzlich nachdenklich: »Habt ihr euch jemals überlegt, wie das ist für die Menschen, denen ihr zu helfen versucht?«

Ich stutzte. »Wieso? Wir wollen doch ihr Bestes!«

»Und was geschieht mit den Polen, die ihre Höfe verlassen mussten?«

»Die werden weiter im Osten angesiedelt, damit das Land, das uns seit Jahrhunderten gehört, wieder deutsch wird! Es ist doch erst durch Versailles an Polen gefallen. Verstehst du nicht, dass wir diesen Lebensraum im Osten dringend brauchen?«

Vater erwiderte erst nichts, sah mich aber lange an. Schließlich sagte er: »Gib acht, Eva, dass du nicht Dinge tust, die du später bitter bereust!«

In seinem sonst so kritischen Blick lag Sorge, und für einen Augenblick wurde mir bewusst, dass dieses mir so gut bekannte und nun alt gewordene Gesicht das Gesicht meines Vaters und ich sein Kind war. Aber schon im nächsten Moment stieg die Wut über dieses jahrelange, unverständliche Schweigen in mir hoch, in dem wir, Eberhard und ich, uns allein gelassen fühlten, ängstlich aneinanderklammerten und die Gemeinschaft mit Altersgenossen suchten. Was hatte er mich nun zu belehren?

»Ich weiß selbst, was ich tue!«, sagte ich kalt, stand auf und verließ das Zimmer.

In dieser Nacht beschloss ich, am nächsten Morgen abzureisen, ohne mich von ihm zu verabschieden. Einerseits befürchtete ich eine noch heftigere Auseinandersetzung, andererseits aber war ich auch stärker verunsichert, als ich mir selbst eingestand, und ich wollte weiteren Gesprächen mit ihm ausweichen.

Heimlich machte ich mich in aller Frühe auf den Weg zum Bahnhof. Noch in der Nähe unseres Hauses sah ich eine alte Frau, die sich an einem Stock mühsam vorwärtsbewegte. Ich kannte sie, denn ich war ihr früher auf dem Schulweg öfter begegnet. Sie war noch bleicher als damals und ging noch langsamer. Einst hatte ich vermutet, dass ihr Kopf wegen ihres Alters wackelte, aber jetzt schlug er so stark hin und her, dass ich mich wunderte, wie sie sich überhaupt fortbewegen konnte. Die Hand, die den Stock hielt, zitterte ebenso wie die andere, die ohne Stock an ihrer Seite herabhing.

Schon als Kind war ich über ihren Anblick erschrocken gewesen. Ich hatte mir überlegt, wie es sein müsste, mit solch einem Menschen zusammenzuleben oder gar selbst so leben zu müssen. Sie aber ging, heute wie damals, langsam vorwärts, als sei dieses Zittern ein selbstverständlicher Teil ihres Daseins. Sie trug noch denselben abgeschabten Mantel in einem hellen Beige und den Hut in verblichenem Braun auf dem Kopf. Doch plötzlich stutzte ich und erschrak: Auf dem Kragen ihres Mantels war ein Judenstern aufgenäht. Im Warthegau hatte ich mich daran gewöhnt, Menschen zu sehen, die ihn trugen. Dort fand ich das selbstverständlich. Aber nun diese Frau! Das gab mir einen Stich. Sie gehörte zu meiner Kindheit, zu allem, was mir vertraut war, und nun war sie auf diese Weise gebrandmarkt! Verwirrt und nachdenklich ging ich weiter. Den Wunsch, sie zu beschützen, schob ich beiseite. Wie hätte ich das auch machen sollen?

Im Zug kreisten meine Gedanken um die letzten Tage, und ich hatte das Bedürfnis, mit jemanden darüber zu sprechen, spürte jedoch, dass Mia, an die ich zuerst dachte, heikle Fragen stellen könnte. Deshalb nahm ich mir vor, Eberhard einen Brief zu schreiben.

Zurück im Lager, hatte ich das Gefühl, als sei ich wochenlang fort gewesen. Die Eingewöhnung fiel mir schwer, und erst als Mia nach ein paar Tagen vorschlug, an einer Ausbildung zur Lagerleiterin teilzunehmen, war ich wieder ganz präsent. Es machte mich stolz, dass sie mich dazu für fähig hielt, und der alte Enthusiasmus für meine Arbeit kehrte zurück.

Indem ich das niederschreibe, Hanna, frage ich mich, ob Du Dir vorstellen kannst, dass man dem Sog dieses Etwas, das ich als Verantwortungsbewusstsein und Pflichtgefühl dem eigenen Volk gegenüber empfand, so verfallen sein kann, dass man die Mitglieder eines anderen Volks als »Untermenschen« sieht? Erst aus meiner heutigen Distanz bin ich fähig, zu verstehen, dass ich als junger Mensch diesem mächtigen Sog stärker ausgesetzt war als mein lebenserfahrener Vater. Das erklärt vielleicht manches, aber es entschuldigt nicht, dass ich das Unrecht gegenüber Polen und Juden nicht wahrnahm, obwohl ich es vor Augen hatte. Ich machte mir zum Beispiel keine Gedanken darüber, dass die Häuser, die wir und die angesiedelten Volksdeutschen nun bewohnten, eigentlich den Polen gehörten, weil sie sie gebaut und darin gelebt hatten. Wie richtig waren die Bedenken Deines Großvaters gewesen!

Da taucht wieder die Frage in mir auf: Was wäre geschehen, wenn mein Vater mich damals mit seiner feindseligen Haltung dem NS-Regime gegenüber offen konfrontiert und mir seine Gründe dargelegt hätte? Hätte ich ihn gehört? Oder hätte ich ihn als Verräter am »heiligen Vaterland« gesehen und womöglich sogar angezeigt?

Am folgenden Sonntag schrieb ich an Eberhard, um zu erfahren, ob er wisse, warum Vater unserer Führung gegenüber so kritisch eingestellt sei. Heute wundere ich mich über die Naivität, mit der ich das zu Papier brachte und abschickte. Offenbar fühlte ich mich geborgen und selbstverständlich eins mit dem Regime. Ich konnte mir nicht vorstellen, dass wir Geschwister von genau diesem Regime überwacht werden könnten. Als ich dann 1947 erfuhr, dass dies tatsächlich der Fall gewesen war, versetzte mir das einen tiefen Schock, der mir den Anstoß gab, endlich vom Teufelsrad meiner blinden Gebundenheit abzuspringen. Zu diesem Zeitpunkt im Jahr 1941 war ich jedoch völlig arglos, offenbar im Gegensatz zu Eberhard. Denn ich muss vermuten, dass er meinen Brief so lange unbeantwortet ließ, weil er in dieser Hinsicht einen Verdacht hegte. Schließlich kam eine Nachricht, in der er jedoch nur begeistert von seinen ersten Feindeinsätzen auf der Me 109 berichtete und seinen ungefähren Standort in Russland angab. Ich rätselte, warum er nicht auf meine Fragen einging, fand aber keine Erklärung.

Bei Stalingrad vermisst

Während ich im Frühjahr 1942 auf einer Ausbildung zur Lagerleiterin war, erhielt ich abermals einen Brief von Eberhard. Er berichtete von täglichen Einsätzen, Luftkämpfen und seinen ersten zwei Abschüssen. Einerseits war ich stolz auf ihn, gleichzeitig beunruhigte mich die Möglichkeit seines Todes oder einer schweren Verwundung. Offenbar war er nahe der Front stationiert.

Als sich dann Ende 1942 das deutsche Kriegsglück wendete, war der Kampf um Stalingrad in aller Munde. Regelmäßig begannen wir den Wehrmachtsbericht zu hören, versuchten aber, unsere innere Beunruhigung nicht zu zeigen. Es wurde uns verboten, in unseren Briefen nach Hause irgendwelche negativen Nachrichten zu erwähnen, und ich verstand das so, dass ich auch im Gespräch mit den Kameradinnen keine pessimistischen Gedanken äußern sollte. Auf keinen Fall wollte ich mich dem Vorwurf der »Wehrkraftzersetzung« aussetzen. Trotzdem konnte man die Augen vor dem Drama, das sich in der hart umkämpften Stadt abspielte, nicht verschließen, und ich war doppelt beunruhigt, weil ich Eberhard dort vermutete. Ich glaubte allerdings fest, dass der Führer die richtigen Entscheidungen treffen würde – und hatte dabei keine Ahnung, dass Hitler die endgültige Katastrophe mit seinen wahnsinnigen Durchhaltebefehlen selbst heraufbeschworen hatte.

Dann, im Januar 1943, erreichte mich ein Brief von meinem Vater. Ich war erstaunt, und freute mich sehr, denn er schrieb mir nur selten. Der Brief enthielt jedoch eine schreckliche Nachricht: Eberhard war ihm als in Stalingrad vermisst gemeldet worden. Tief erschüttert, konnte ich mir nicht erklären, wieso seine Luftwaffeneinheit nicht aus dem Kessel hatte entkommen können.

In den Nächten dieses Winters, wenn wir in unseren Doppelstockbetten mit nur einer Decke fürchterlich froren, wurde ich von Träumen verfolgt. Ich sah Kolonnen von in Lumpen gehüllter Menschen, die sich über die windgepeitschte russische Ebene vorwärtsschleppten, und hatte das Gefühl, über ihnen zu schweben. Immer wieder blieb einer liegen, und Angst überfiel mich, dass Eberhard unter ihnen sein könnte. Aber sie sahen sich so ähnlich, ich konnte niemanden erkennen. Schluchzend wachte ich auf. Dieser Traum wiederholte sich, und eines Morgens fragte mich die unter mir liegende Kameradin, was ich denn immer so Schlimmes träume. Ich schüttelte den Kopf. Sie sah mich groß an und fragte nicht wieder.

Der Tod des Vaters

Im März erreichte mich von Lisa die Nachricht, dass unser Vater plötzlich gestorben sei. Eine zu spät erfolgte Gallenoperation habe ihn nicht retten können, er sei unter großen Schmerzen verschieden. Meine Halbschwester war offenbar bis zu seinem Ende bei ihm gewesen.

Ich fuhr sofort nach Hause. Lisa empfing mich und begleitete mich in das Arbeitszimmer unseres Vaters, wo er aufgebahrt lag. Dann ließ sie mich mit ihm allein. Die unnahbare Hoheit dieses scharf geschnittenen, bleichen Gesichts in seiner kühlen Ruhe überwältigte mich, und ich erinnerte mich an unser letztes Gespräch, das so gut begonnen und so schlimm geendet hatte. Ich war erschüttert und saß dort regungslos, innerlich wie versteinert, bis schließlich Lisa zurückkehrte und mich ins Wohnzimmer holte.

»Er ist schwer gestorben«, sagte sie. »Bis zuletzt war er voller Wut, die sich in wirren Fieberträumen ausdrückte.«

»Wut? Über was?«, fragte ich.

»Er war verzweifelt, Eva, nervlich am Ende. Ich hatte das Gefühl, er wollte nicht mehr.«

Unsere Unterhaltung bewegte sich auf Glatteis, und plötzlich war ich hellwach. Lisa schien etwas zu wissen über seinen Hass auf unsere Führung. Aber wieder einmal wagte nicht weiter nachzufragen.

In der Nacht vor dem Begräbnis sah ich sein Gesicht im Traum. Mein Vater schien mich flüchtig zu erkennen, dann aber richtete er seinen Blick durch mich hindurch auf etwas, das weit hinter mir lag.

Als ich aufwachte, war ich seltsam ruhig. Ich überlegte einen Augenblick, was ich anziehen sollte, aber ich hatte keine Wahl. Ein schwarzes Kleid besaß ich nicht, also zog ich meine RAD-

Uniform an und ging hinunter zum Frühstück. Lisa hielt einen Augenblick inne, überging aber schließlich ihr Erstaunen und sagte: »Es wird ein größerer Festakt. Honoratioren der Stadt und ein Vertreter der Reichsführung haben ihre Teilnahme zugesagt. Es werden auch viele Belegschaftsangehörige da sein.«

Der große Saal, in dem die Trauerfeier stattfand, war tatsächlich voll bis auf den letzten Platz, und Lisa und ich wurden in die vorderste Reihe geleitet. Man wies mir den Platz neben Herrn Wilde zu, dem Betriebsführer. Er hatte unseren Vater in der Firma vertreten, seit er krank war. Über dem Sarg lag eine Hakenkreuzfahne. Während ich den Reden mit halbem Ohr zuhörte, auf dieses Rot starrte und immer mehr darin versank, sah ich plötzlich wieder das Gesicht meines Vaters, jetzt aber wütend. Lisas Worte schossen mir durch den Kopf: »Bis zuletzt war er voller Wut, er war ganz verzweifelt, er wollte nicht mehr.«

Nach einer einleitenden Musik erhob sich Herr Wilde und trat ans Rednerpult. Er würdigte die unternehmerische Leistung des Verstorbenen, sagte aber kein Wort zu seiner politischen Haltung. Ich bemerkte, dass der mir unbekannte Regierungsvertreter in SA-Uniform, der ebenfalls, nicht weit von mir entfernt, in der vordersten Reihe saß, nervös wurde. Als er dann gleich danach am Rednerpult stand, strich er die vaterländische Gesinnung meines Vaters heraus sowie den Beitrag, den seine Fabrik zur Kriegsproduktion geleistet habe. Nun wurde Lisa neben mir immer unruhiger, und seltsamerweise fühlte ich mich auf einmal nicht mehr wohl in meiner Uniform, so als würde ich unseren Vater damit beleidigen. Wollte ich das? Meine Halbschwester sah mich wieder und wieder von der Seite an. Was ging in ihr vor?

Am Ende dieser Rede standen alle auf, um mit erhobenem Arm das Deutschlandlied anzustimmen. Inbrünstig sang ich mit, bemerkte aber, dass Lisa und auch Herr Wilde den Arm nicht erhoben und stumm blieben.

Nachdem die Trauerfeier vorbei und wir wieder zurück im Elternhaus waren, konnte ich keinen klaren Gedanken fassen. Mir war alles zu viel, und ich gab vor, noch am Nachmittag aus dienstlichen Gründen abreisen zu müssen. Bevor wir uns trennten sah mich Lisa fragend an, doch sie sagte nichts weiter, wünschte mir nur alles Gute. Ich überlegte kurz, ob ich mich mit dem Hitlergruß verabschieden sollte, verwarf es aber sofort als unpassend. Mit den Worten »Leb wohl, Lisa« drückte ich ihr die Hand und lief rasch die Treppe hinunter zur Haustüre. Wer weiß, ob und wie wir uns je wiedersehen, schoss es mir durch den Kopf.

Auf der Straße erinnerte ich mich plötzlich an die Frau mit dem Judenstern, der ich vor zwei Jahren hier begegnet war, als ich nach der Auseinandersetzung mit meinem Vater das Elternhaus empört und verwirrt verließ. Einen Moment lang hatte ich das Gefühl, als würde mir der Boden unter den Füßen wegbrechen.

Um meine Gedanken zu ordnen, schrieb ich im Zug einen Brief an Eberhard. Er wäre der Einzige gewesen, mit dem ich über all das hätte sprechen können. Wie schwer war es zu ertragen, dass ich ihn nicht mehr erreichen konnte!

Niedergeschlagen kam ich im Schulungslager an. Es war das erste Mal, dass ich für kurze Augenblicke am Sinn dieses Krieges und an unserer Führung zweifelte. Umso mehr klammerte ich mich an die Weltsicht des Nationalsozialismus.

Beim morgendlichen Appell stand ich fröstelnd in Reih und Glied mit den anderen Mädchen und horchte konzentriert auf die Tageslosung, die von einer Kameradin verlesen wurde: »Unser Gottesdienst ist der Dienst am Vaterland.« Das sprach mir aus der Seele. Diesem Vaterland wollte ich dienen! – Aber während ich auf die rote Fahne mit dem Hakenkreuz starrte, die eben aufgezogen wurde, schob sich plötzlich das Bild der Fahne dazwischen, die auf dem Sarg meines Vaters lag. Es war wie ein Wirbel, in den ich tief hineingezogen wurde und aus dem ich verzweifelt aufzutauchen versuchte. Ich hielt mich jedoch krampfhaft an meinem Glauben fest, dass wir den Krieg gewinnen würden, und dazu wollte ich nach Kräften beitragen. Alles andere wollte ich später bedenken.

Vielleicht wird Dir, Hanna, aus dieser Schilderung etwas klarer, was der »Dienst am Vaterland« damals für mich bedeutete. Ich ahnte, dass ich als zukünftige Lagerleiterin eine schwere Aufgabe vor mir hatte, die vielleicht in mancher Hinsicht über mein Vermögen gehen würde. Aber in der Situation, in der sich Deutschland befand, brannte ich darauf, eine solche Aufgabe zu übernehmen, obwohl oder gerade weil sie größer war als ich. Unter dem Eindruck dessen, was ich in den letzten Tagen erlebt hatte, fühlte ich mich umso mehr verpflichtet, mich diesem »Dienst am Vaterland« völlig zu verschreiben.

Ich habe die Ironie meines Schicksals schon angedeutet, die darin lag, dass auch ich – nicht nur Lisa und mein Bruder – nach diesem Begräbnis und dann verstärkt nach dem Attentat am 20. Juli 1944 überwacht wurde. Die beiden Ereignisse hatten offenbar einen schon vorher bestehenden Verdacht erhärtet, dass mein Vater ein Regimegegner gewesen war. Die damals übliche Sippenhaft hatte bewirkt, dass man auch uns misstraute.

Als Lagerleiterin im Osten

Nachdem ich die Schulung zur RAD-Lagerleiterin abgeschlossen hatte, wurde mir ein kleines Osteinsatzlager im Wartheland angewiesen. Es sollte mit nur zwölf Mädchen besetzt werden, die sich wie ich alle freiwillig für den Osten gemeldet hatten. Und als ich dann in dem ungefähr zwanzig Kilometer von der nächsten Kreisstadt entfernten Dorf eintraf, wurde mir sehr bald klar, wie schwer es sein würde, hier zurechtzukommen. Das Dorf, in dem ich das

Lager einrichten sollte, bestand aus einem Dutzend strohgedeckter, entlang der Straße aufgereihter Lehmkaten, darunter allerdings auch eine Kirche mit Pfarrhaus.

Ich meldete mich beim Amtskommissar. Der hieß mich auch willkommen, meinte aber trocken: »Helfen kann ich Ihnen nicht, aber ich gebe Ihnen eine Pistole. Die werden Sie womöglich brauchen, denn die Gegend wird von einer sehr aktiven Partisanenbande beherrscht.«

»Danke«, sagte ich. »Aber sie wird mir wenig nützen, ich kann damit nicht umgehen. Schießen habe ich nicht gelernt.«

Der Amtskommissar legte seinen Kopf etwas zur Seite. »Aber passen Sie auf! Mein Vorgänger wurde ermordet, obwohl er sehr polenfreundlich war. Das hat ihnen wohl nicht ins Konzept gepasst. Man darf sich mit dem Pack nicht einlassen.«

Nach diesem wenig ermutigenden Empfang sah ich mir den Ort erst einmal genauer an. Die Kirche war ausgeraubt, und das Pfarrhaus – neben der Kirche das solideste Gebäude – war uns als Unterkunft zugewiesen. Einige Wochen blieb ich dort allein, wartete auf die Arbeitsmaiden, die nicht erscheinen konnten, weil eine ansteckende Krankheit im Vorbereitungslager ausgebrochen war.

Ich verschaffte mir einen Überblick darüber, was es in dem Dorf und den Ortschaften der Umgebung an sinnvollen Aufgaben für uns gab. Einige volksdeutsche Bauernfamilien waren schon eingetroffen, andere wurden erwartet. Wir würden es auch mit den polnischen Familien zu tun haben, denen die Umsiedlung noch bevorstand. Ich sollte sie als Arbeitskräfte heranziehen, sofern ich welche benötigte.

Erst heute fällt mir auf, wie verächtlich auch ich damals über die Polen dachte. Dazu kam eine Art hochmütiges Mitleid, wie es eben zu einer »Herrenrasse« passte. Denn ich hatte bei ihnen jene Schlamperei und Entschlusslosigkeit beobachtet, die mir geschildert worden war, und ihre Unfähigkeit, mit diesem wertvollen

Siedlungsland gut umzugehen, schien mir allzu offensichtlich. Schon die Straße, die das Dorf mit der Umwelt verband, war ein Bild ihres Unvermögens. Sie tauchte wie ein breiter Streifen Ödlands aus der Uferlosigkeit dieser Ebene auf, verschmälerte sich zwischen den Häusern und verlor sich am Ortsende wieder in zielloser Weite. Ich stellte mir gern vor, wie sie nach einer mehrjährigen Besiedlung durch volksdeutsche Bauern aussehen würde: ein befestigtes Band, das sich auch in der Regenzeit zwischen grasbewachsenen Rainen und Alleebäumen hinzog, und ich war stolz, zu diesem Umwandlungsprozess beitragen zu dürfen.

Als die Mädchen endlich eintrafen, begannen wir sofort, uns um die schon angekommenen volksdeutschen Familien zu kümmern. Die meisten begrüßten es, dass wir ihnen dabei halfen, sich in der neuen Heimat zurechtzufinden, von der wir allerdings selbst wenig wussten. Aber sie spürten wohl unseren guten Willen, und bald fanden wir einen Zugang zu ihnen, vor allem zu den Frauen. Obwohl sie es vorher in Galizien und Wolhynien in den letzten Jahren unter dem Sowjetregime immer schwerer gehabt hatten, mussten wir manche Bäuerinnen vom Sinn der Umsiedlung überzeugen. Sie hatten ihre einstige Heimat geliebt, und die Höfe, die ihnen hier zugeteilt wurden, waren vielfach verwahrlost, nicht anders wie bei meinem ersten Osteinsatz. Vor allem wenn sie kleine Kinder hatten, fiel es ihnen schwerer als ihren Männern, die neue Situation anzunehmen. Aber die negativen Erfahrungen, die ich zuvor gemacht hatte, wiederholten sich hier nicht. Die Umsiedler teilten uns bereitwillig mit, wie wir ihnen helfen könnten, und ich legte Wert darauf, dass meine Kameradinnen sich daran hielten.

Eine von ihnen, die strohblonde, kräftige Hilde Voght mit ihren lebhaften Augen, fiel mir dadurch auf, dass sie häufig lange mit den Bäuerinnen sprach. Ich überhörte, dass sie versuchte, ihnen die nationalsozialistische Weltanschauung nahezubringen.

Meine Meinung war es, dass es klüger wäre, das Vertrauen dieser Frauen durch praktische Hilfe zu erwerben, dass wir darauf warten sollten, bis sie von sich aus anfingen, Fragen zu stellen. Hilde aber war völlig anderer Ansicht. Sie verstand es als unsere erste Pflicht, aus den Bäuerinnen Nationalsozialistinnen zu machen.

Ich unterhielt mich länger mit ihr, und dabei erfuhr ich, dass sie in ärmlichen Verhältnissen aufgewachsen war, da ihr Vater in der Weimarer Republik lange keine Arbeit gehabt hatte. Kurz nachdem Hitler am 23. September 1933 in der Nähe von Frankfurt am Main den ersten Spatenstich für die neue Ausbaustrecke der Reichsautobahn setzte, wurde er als Straßenarbeiter eingestellt, obwohl er eigentlich Landarbeiter war. 1934 trat er der Partei bei und begann eine steile Karriere. Er stieg zu einem der Mächtigen im »Generalgouvernement« auf – wie die von den Deutschen besetzten Gebiete in Polen damals genannt wurden. Sein unmittelbarer Vorgesetzter war SS-Obergruppenführer Reinhard Heydrich. – Hilde wusste nichts Konkretes über die Aufgabe ihres Vaters, war aber fest davon überzeugt, dass er einen wichtigen Beitrag zur Wiederherstellung des Großdeutschen Reichs leiste. Er hatte ihr nur gesagt, dass er mit einer »Sonderbehandlung« der Juden in den Ostgebieten zu tun habe.

Während unserer Zusammenarbeit wurde mir Hilde immer sympathischer. Ich bewunderte ihre Einsatzbereitschaft und ihren unbedingten Glauben an die deutsche Sache. Wenn sie von ihrem Elternhaus erzählte, beneidete ich sie um den engen Zusammenhalt in ihrer Familie. Sie liebte ihren Vater, und alles, was er sagte und tat, nahm sie unbesehen hin. Deshalb war es ihr auch so wichtig, Menschen von der nationalsozialistischen Weltanschauung zu überzeugen.

Da die Kirche des Ortes verwaist war und es auch keinen Pfarrer in der näheren Umgebung gab, bei dem die Volksdeutschen einen Gottesdienst besuchen konnten, kam mir der Gedanke, sonntägliche Feierstunden abzuhalten. Ich weihte Hilde in mein Vorhaben ein und schlug ihr vor, bei der Gestaltung mitzuwirken. Sie war sofort Feuer und Flamme.

Wir trafen uns nach Feierabend und suchten Lieder und auch Gedichte aus, die uns passend schienen. Ich übernahm es, Volkslieder mit unseren Mädchen einzustudieren, sie bei der Feierstunde im Gemeindesaal vorzusingen und dann mit den Anwesenden einzuüben. Dazu wählte ich einfache Lieder wie »Kein schöner Land in dieser Zeit« oder »Und wieder blühet die Linde ...«. Sowohl die Maiden als auch die Bäuerinnen sangen begeistert mit, vor allem, wenn wir darangingen, eine zweite oder auch dritte Stimme einzustudieren.

Hilde hatte den Einfall, Gedichte zu rezitieren wie etwa das des Lyrikers Josef Weinheber, das er beim Anschluss Österreichs verfasst hatte:

Deutschland, ewig und groß,
Deutschland, wir grüßen Dich!
Deutschland, heilig und stark,
Führer, wir grüßen Dich!
Heimat, glücklich und frei,
Heimat, wir grüßen Dich.

Sie trug es vor und bat die Anwesenden dann, es gemeinsam mit ihr zu sprechen. Es fiel mir jedoch auf, dass mit der Zeit die Männer wegblieben, und ich hatte den Eindruck, dass auch die Frauen mit diesem Versuch, die gewohnten Gebete durch die Rezitation von Gedichten zu ersetzen, nicht viel anfangen konnten. Nur einige sprachen laut mit, andere murmelten nur oder blieben stumm. Trotzdem kamen die meisten von ihnen weiter zu unseren Sonntagsfeiern, vielleicht weil sie gern sangen und neue Lieder lernten. Im Anschluss an die Feierstunde servierten wir Kaffee und Selbstgebackenes unter der großen Linde im Garten der Pfarrei. Die Bäuerinnen brachten ihrerseits etwas von ihrem Sonntagskuchen mit, und wir lernten uns gegenseitig kennen.

Diese Zeit gehört zu den glücklichsten Phasen meines Lebens. Die Kameradschaft unter uns Mädchen war groß, und ich fühlte mich in diesem Kreis von Frauen verschiedenen Alters und unterschiedlicher Herkunft zu Hause. Männer spielten in dieser Gemeinschaft – zumindest aus meiner Sicht – keine Rolle. Dafür gab es verschiedene Gründe: Erstens war ich mit der »männerstaatlichen« Tendenz innerhalb der Partei nicht einverstanden. Ich hatte keine Lust, mich – wie das erwartet wurde – später nur auf den Aufgabenbereich Familie zu beschränken. Bei meiner Mutter, die ihren Beruf meinem Vater zuliebe aufgegeben hatte, hatte ich gesehen, wohin das führen konnte. Außerdem hegte ich den Verdacht, dass eine unbewusste Angst vor einer weiblichen Konkurrenz in beruflicher Hinsicht hinter dieser Anschauung stand. Und auch die Doppelmoral vieler Parteifunktionäre schreckte mich ab. Die meisten hatten zu Hause Familien, und erfreuten sich hier im Osten eines überaus freizügigen Junggesellendaseins. Der tiefste Grund war aber wohl, dass ich mich mit meinem Bruder immer noch so eng verbunden fühlte, dass ich mir eine dauerhafte Bindung an einen anderen Mann nicht vorstellen konnte.

Du, Hanna, wirst wohl denken, dass Deine Mutter nicht nur in politischer Hinsicht, sondern auch in diesen Fragen eine verquere Einstellung hatte. Ich kann das nicht abstreiten. Wenn ich an Eberhard dachte, überkam mich tiefe Trauer, und ich war mir sicher, dass ich niemals mit einem anderen Mann innerlich auf so selbstverständliche Weise übereinstimmen würde, wie das mit ihm der Fall gewesen war.

Wirklich ahnungslos?

Oben klang eine Frage an, die Du Dir sicher schon öfter gestellt hast: Was hatte meine Mutter damals von der Ermordung der Juden gewusst? Heute frage ich mich selbst, wie es kam, dass ich so wenig wusste, wo es doch das Vernichtungslager in Chełmno gab, ganz in unserer Nähe, das zwar 1943 durch Kriegseinwirkung zerstört wurde. Aber im Wartheland und im Generalgouvernement lagen die Konzentrations- und Vernichtungslager Auschwitz und Majdanek sowie Sobibór, Bełżec und Treblinka, die zur letzteren Kategorie gehörten. Wie konnte ich davon nichts wissen?

Die einzige Antwort, die ich darauf habe, ist die: Ich wusste nichts, weil ich nichts wissen wollte. Oder, vielleicht besser: Weil der unbewusste Selbstschutzmechanismus, den ich schon bei meiner Schilderung der »Reichskristallnacht« beschrieben habe, immer schneller einsetzte, wenn eine entsprechende Situation auftrat.

Ich kann aber auch nicht sagen, dass mir gar nichts von einer unmenschlichen Behandlung von Juden bekannt war, hatte ich doch im Łódźer Ghetto Juden hinter Gittern gesehen, denn eine der Hauptstraßen der Stadt führte mitten durch dieses Viertel. Man durfte hier nicht zu Fuß gehen, aber mit der Straßenbahn oder im Auto konnte man das Ghetto passieren. Das erste Mal, als ich dort war, erstaunte es mich, dass das Leben offenbar ungestört hinter dem Zaun weiterging. Unter den Deutschen grassierten Gerüchte, dass die Juden riesige Reichtümer in ihren Häusern versteckt hielten. Aber als ich nach einiger Zeit wieder einmal in Łódź zu tun hatte, war der Drahtzaun durch einen hohen, fest gefügten Bretterzaun ersetzt, in den an verschiedenen Stellen Türen eingelassen waren, die bewacht wurden.

Bei einer anderen Gelegenheit stand ich bei einem Besuch von Kutno unerwartet vor dem dortigen Ghetto, das auf dem Gelände einer zerstörten Zuckerfabrik in der Nähe des Bahnhofs, eingerichtet worden war. Vor einem hohen Maschendrahtzaun, durch den ein paar zerlumpte Kinder bettelnd die mageren Hände streckten, patrouillierten bewaffnete Posten. Ein Passant warf eine Tüte über den Zaun, auf die sich die Kinder stürzten und eine Rauferei darum anfingen. Ich beobachtete, dass eine leere Streichholzschachtel in der Tüte gewesen war, und empörte mich über die Herzlosigkeit dieses »Scherzes«. Andere schienen sich über das gegenstandslose Gebalge zu amüsieren, was ich noch schlimmer fand. Ich sah mich nach einem der Hilfspolizisten um. Er blickte mich ängstlich an, wahrscheinlich fürchtete er, für die Nachlässigkeit seiner Aufsicht zur Rede gestellt zu werden. Ich sah weg und entfernte mich so schnell ich konnte.

Hätten diese Erfahrungen nicht genügen müssen, mich zum Nachfragen zu bringen? Hätte nicht hier die Erinnerung an Marga auftauchen müssen, an den schmerzlichen Abschied von ihr? Erinnerungen an die Worte meiner Volksschullehrerin, dass die Weltherrschaft der Juden unser Vaterland bedrohe, und an die abendliche Unterhaltung mit Eberhard, der ihr recht gab? Hätten mich solche Bilder nicht aufwecken und zu Fragen veranlassen müssen, was diese Elendsgestalten mit einer wie auch immer gearteten Weltherrschaft zu tun haben könnten, und weswegen man sie einsperren und so behandeln müsse? – Ja, sie hätten! Aber sie tauchten nicht auf, und ich habe nicht gefragt.

Erst nach dem Krieg, als uns Deutschen nichts anderes übrig blieb, als uns mit der Shoa auseinanderzusetzen, kehrte die Erinnerung an die Zeit mit Marga zurück, und ich fragte mich, was aus ihr geworden war.

Damals aber, als Lagerleiterin, blieb ich in dem kleinen Kreis meiner Aufgaben, die mich bis an die Grenze meiner körperlichen und geistigen Kräfte forderten, und erfüllte sie so gut ich konnte. Stand dahinter die Angst zu entdecken, mit welchen Kräften man sich im »Dienst am Vaterland« eingelassen hatte, die Angst vor einer abgründigen Scham und Schuld? Sicher hatte ich auch Furcht, nicht nur den Boden unter den Füßen, sondern womöglich das Leben zu verlieren, würde ich der Sache auf den Grund gehen.

Hätte man mich damals gefragt, ich hätte solche Vermutungen entschieden von mir gewiesen. Aber heute, wo ich mehr darüber weiß, wie stark unbewusste Kräfte unser Denken und Fühlen bestimmen, denke ich, dass dieser instinktive Selbstschutz mir die Augen und Ohren verschloss.

Dazu kommt, dass sich die Vernichtung der Juden in einem merkwürdigen Zwielicht, in einer Art von Halböffentlichkeit abspielte. Die Nachrichten, die wir je länger der Krieg dauerte, desto gespannter abhörten, brachten nie etwas darüber. Trotzdem wurde unter der Hand hin und wieder von Massenerschießungen gesprochen, und es lag am Zuhörer, wie weit er ihnen Glauben schenkte. Wenn ich heute darüber nachdenke, steht vor meinem inneren Auge die junge Frau, die ich damals war, die solche Berichte als übertrieben abwehrte oder diese Verbrechen sogar als notwendig verteidigte.

Der 20. Juli

1944 wurde mir ein größeres Lager im Westen des Warthegaus zugeteilt. Hilde war nicht mit dabei, weil sie selbst Lagerleiterin werden wollte und an einer Schulung teilnahm. Die Frauen, die mir zugewiesen worden waren, hatten als Jungarbeiterinnen in Rüstungsbetrieben schon gut verdient und deshalb wenig Lust, für 30 Pfennig die Stunde Hilfsdienste bei Bauern zu leisten. Sie hatten sich nicht freiwillig in den Osten gemeldet und zeigten sich empört, so fern ihrer gewohnten Umgebung leben und arbeiten zu müssen. Meine Aufgaben waren daher vorwiegend »pädagogischer« Art, das heißt, ich musste mit großer Mühe eine einigermaßen gute Disziplin unter ihnen durchsetzen. Sie waren nämlich mehr an Männerbekanntschaften als an politischer Schulung interessiert. Aber Letzteres musste ich ihnen anbieten, obwohl es nicht meine Stärke war. Das bewährte gemeinsame Singen war etwas, wofür ich sie noch einigermaßen interessieren konnte, zumal ich mich auf ihre Vorliebe für Schlager einließ und einige in unser Repertoire aufnahm.

Diese Monate waren schwer, vor allem auch deswegen, weil ich mich mit keiner der Frauen wirklich gut verstand. Dazu kam, dass die Nachrichten von der Front immer düsterer wurden. Große Sorge machte uns die Frühjahrsoffensive der Roten Armee. Die Wehrmacht musste die Belagerung von Leningrad aufgeben, und im Lauf des Frühjahrs zog sie sich bis zum Peipussee zurück und räumte die Krim. Im Juni standen die Russen kurz vor Warschau und in Ostpreußen. Die jungen Frauen wurden zusehends nervöser, und ich musste viel Kraft darauf verwenden, ihnen Mut zuzusprechen. Defätismus wollte ich auf keinen Fall aufkommen lassen, und so sprach ich öfter von der immer wieder angekündigten Wunderwaffe, die nun sicherlich bald einsatzbereit wäre und die Lage radikal ändern würde. Wieder allein, glaubte ich nur eines sicher zu wissen: Wir konnten den Krieg nicht verlieren, weil wir ihn nicht verlieren durften.

Am 6. Juni landeten die Alliierten in der Normandie und drangen in Frankreich vor. Am 20. Juli schalteten wir in der Mittagszeit das Radio ein, gerade als die bekannte Rede Hitlers von der »ganz kleinen Clique ehrgeiziger, gewissenloser und zugleich verbrecherischer, dummer Offiziere« gesendet wurde. »Diesmal wird so abgerechnet, wie wir das als Nationalsozialisten gewohnt sind.« Seine heisere Stimme blieb im Raum, als wir das Gerät abstellten. Wir waren wie betäubt, tief erschrocken und gleichzeitig erleichtert, denn »er« lebte ja, Gott sei Dank! Wieder einmal hatte ihn die

Vorsehung bewahrt! Selbst die am wenigsten nationalsozialistisch eingestellten Kameradinnen waren erschüttert. Ich kämpfte mit den Tränen und sah, dass es anderen ähnlich ging.

Erst nach 1945 habe ich mich dann gefragt, was mir Hitler eigentlich bedeutete. Das Unbehagen, das ich bei seinen Reden empfand, habe ich schon erwähnt. Trotzdem aber hatten sie mich immer mit einer Ahnung von etwas Großem erfüllt, das ich nicht hätte benennen können. Für mich war er die Verkörperung des »Heiligen Vaterlands«. Und als ich die Meldung über das Attentat hörte, wurde mir bewusst, wie viel von seiner Person abhing und was für ein furchtbarer Schlag sein Tod für uns gewesen wäre.

Wieder und wieder grübelte ich darüber nach, was Menschen dazu bringen konnte, diesen Mann ermorden zu wollen, und verdrängte dabei, dass mein Vater womöglich zu ihnen gehört haben könnte, wusste ich doch, wie kritisch, wenn nicht gar haßerfüllt er zu Hitler stand. Seine verzweifelte Frage: »Warum bringt denn diesen Kerl niemand um?«, von der mir Eberhard vor Jahren aufgebracht erzählte, hätte mich doch bei dieser Nachricht über das Attentat wie ein Blitz durchfahren müssen! Schreckte ich unbewusst davor zurück, im eigenen Vater einen Vaterlandsverräter sehen zu müssen, der er ja war, falls er mit diesen Attentätern in Verbindung stand?

Ich weiß es nicht. Und wenn ich mich wieder einmal der jungen Frau, die ich damals war, zuwende und ihr diese Fragen stelle, blickt sie fragend zurück. Ich spüre, dass sie sich missverstanden und verletzt fühlt. »Es gab zwei Bedrohungen, die ich sah: Deutschland als besiegtes, zerstörtes Land und die Möglichkeit, einen Landesverräter zum Vater zu haben«, höre ich sie sagen. »Wie hättest du dich denn damals verhalten?« Ich weiß keine Antwort und fühle mich verunsichert. Habe ich heute nicht den unschätzbaren Vorteil, dass ich weiß, was danach geschah? Dass danach eine Zeit kam, in der es mir wie Schuppen von den Augen fiel und die Dinge sich umkehrten: Verräter wurden zu Helden, Helden zu Verbrechern.

Ja, ich habe viel über meine damalige Blindheit gerätselt, die ich mit so vielen teilte. Wir lebten mit unserem überhitzten Nationalgefühl in einer Art »Selbstvergötzung«, wohl auch als Gegenreaktion auf die Niederlage, die mit dem Ersten Weltkrieg verbunden war, und auf den »Schmachfrieden« von Versailles. Damit landeten wir bei der Ansicht eines Eingeborenenstammes, der glaubt, seine Stammesgötter seien die mächtigsten der Welt und das eigene Volk ein auserwähltes, an dessen »Wesen die Welt genesen« müsse. Irgendwann, viel später, wurde mir in einem schmerzlichen Prozess langsam klar, dass damit alle positiven menschlichen Qualitäten, die wir in den Dienst unseres Vaterlands gestellt hatten, pervertiert wurden. Wir hatten unseren Glauben und unsere Hingabe an die falsche Sache verschwendet! Alles, was wir planten und taten, bezog sich immer nur auf das Wohl des eigenen Volkes. Die »anderen« waren für uns keine Menschen.

Genau darauf hatte mich mein Vater in unserer Auseinandersetzung aufmerksam machen wollen, und ich hatte nur mit Empörung reagiert! Nicht nur seine Vorsicht wegen meines jugendlichen Alters, sondern auch die Entfremdung innerhalb unserer Familie waren wohl eine der Ursachen dafür, dass er erst viel zu spät den Versuch unternahm, mit mir darüber zu sprechen. Zu dem Zeitpunkt, als er es dann tat, war ich schon völlig im Bann dieser kollektiven Blindheit, die in Deutschland herrschte.

Bitte, Hanna, versteh mich nicht falsch: Ich will mich nicht rechtfertigen. Verstehen ist nicht entschuldigen! Ich will Dir nur verdeutlichen, wie wir damals guten Gewissens gehandelt haben und ganz im Sinne der vom Führer so oft beschworenen »Vorsehung«, an die auch wir glaubten. Ich war überzeugt, dass Gott durch uns das an Deutschland nach dem Ersten Weltkrieg verübte Unrecht rächen wollte.

Die fraglose Bereitschaft zu einem sehr harten Dienst, mit dem wir den Volksgenossen helfen wollten, gepaart mit der Blindheit für das Leid der Fremden, war typisch für uns. Es ist mir unverständlich, dass ich nicht schon damals darauf gekommen bin, dass Gott genauso gut auf das Wohl der Gegner Deutschlands bedacht sein könnte.

Flucht

Im Januar wurde das Wartheland innerhalb von vierzehn Tagen besetzt, und wir mussten fliehen. Ich hatte keinen Befehl, dass wir uns gemeinsam irgendwo melden sollten. Alles befand sich in Auflösung. Die Mädchen gerieten in Panik und wollten Anweisungen von mir, aber ich konnte ihnen nur wenig sagen. Wir packten unsere Sachen und wurden noch eine gute Strecke von Soldaten, die sich mit einer Kolonne Lastwagen auf dem Rückzug befanden, mitgenommen. Dann trennten wir uns, um uns auf eigene Faust nach Hause durchzuschlagen. Ich selbst machte mich verwirrt und verzweifelt auf den Weg nach Berlin. Es war ein Wunder, dass ich einige Tage später, nach einer abenteuerlichen Fahrt per Anhalter und in völlig überfüllten Zügen, dort frühmorgens am Schlesischen Bahnhof eintraf.

Kaum war ich ausgestiegen, heulten die Sirenen. Ich drängte mich mit vielen anderen in einen notdürftigen Unterstand. Die Entwarnung erfolgte zwar bald, aber ich war unschlüssig, wohin ich eigentlich gehen wollte. Auf der Reise hatte ich den Plan gefasst, mich bei der Dienststelle der BDM-Reichsreferentin Jutta Rüdiger zu melden. Sie hatte mir imponiert, wann immer ich einen ihrer öffentlichen Auftritte erlebte, und ich fühlte mich dem BDM eher zugehörig als dem von Männern beherrschten Reichsarbeitsdienst. Aber erst wollte ich sehen, ob mein Elternhaus noch stand.

Ich hatte keine Ahnung, was mit dem Haus in der Amalienstraße in Weißensee nach dem Tod meines Vaters geschehen war.

Da die öffentlichen Verkehrsmittel nur sporadisch fuhren, legte ich fast den ganzen Weg zu Fuß zurück und entsetzte mich dabei zunehmend über das Ausmaß der Zerstörung. Ich sah fast nur ausgebrannte Straßenzüge und Schuttberge, sodass ich oft nicht wusste, wo ich war und wie ich weitergehen sollte. Überall waren Menschen dabei, die Schäden des letzten Angriffs so gut wie möglich zu beseitigen. Ich erinnerte mich an eine Rede von Joseph Goebbels, in der er das Bild einer alten, weißhaarigen Frau beschwor, und ich hatte deutlich die hagere, aufrechte Gestalt vor Augen, mit weißen, flatternden Haaren in die Ferne blickend, die vor einem nachtschwarzen Hintergrund stand. »Sie weinte nicht, sie klagte nicht, sie tat nur ihre Pflicht«, hatte er ausgerufen. Ich war ergriffen gewesen mit Haut und Haar und hatte mir sehnlichst gewünscht, mich ähnlich zu bewähren. Jetzt war es so weit! Ich wollte meine Pflicht tun und mithelfen, wo ich nur konnte.

Immer wieder musste ich nach dem Weg fragen, hatte aber trotz allem eine gewisse Hoffnung, mein Elternhaus unzerstört vorzufinden. Als ich in die Amalienstraße einbog, sah ich von Weitem, dass die Mauern noch standen, die Fensterhöhlen aber waren leer und schwarz. Das Haus war zum großen Teil ausgebrannt.

Ich trat in den Garten. Wie betäubt setzte ich mich auf einen Überrest der Balustrade, die die mit jetzt rußgeschwärzten Steinplatten belegte Einfriedung des Hauses begrenzte. Hier war mein Gärtchen gewesen und das kleine Gartenhaus, in dem ich mich so geborgen gefühlt hatte. Es stand noch da, aber ich scheute mich, einen Blick hineinzuwerfen. Die alte Platane hatte schwer gelitten, auf der dem Haus zugewandten Seite waren ihre Äste vom Feuer versengt. Wie ein rußschwarzes Gerippe ragten sie in den Winterhimmel.

Es war ein trüber Tag, nicht sehr kalt. Hin und wieder fielen ein paar Schneeflocken, die aber schnell schmolzen, sobald sie den Boden berührten. Ich fühlte mich ausgebrannt und hohl. Kein Zuhause mehr! Vielen Menschen ging es so in diesen Tagen. Goebbels' Worte klangen mir wieder im Ohr: »Sie weinte nicht, sie klagte nicht, sie tat nur ihre Pflicht!« Ja, etwas anderes blieb nun nicht mehr.

Dann kamen alte Erinnerungen: Ich sah mich mit fast unheimlicher Deutlichkeit als junges Mädchen aus diesem Haus kommen. Ich hatte mir die kleinen Skier aus hellem Holz angeschnallt, wie sie Kleinkinder zu ersten Rutschversuchen benutzen. Die breiten, gebogenen Vorderenden dieser »Schlitter« waren knallrot, die Schuhe wurden mit Riemen darauf befestigt. Durch das Fenster meines Spielzimmers hatte ich gesehen, dass draußen ein paar Flocken fielen, und eine unbändige Vorfreude hatte mich überfallen. Bald war es Winter, und bald ging es zu den gewohnten Skiferien in die Schweiz! Ich hatte mir diese »Schlitter« in der Spielzeugkammer gesucht und war damit in den Garten hinausgegangen. Zu meiner großen Enttäuschung war der Schnee auf den Steinplatten geschmolzen, aber oben auf der nach rechts und links leicht abschüssigen Brüstung der Balustrade lag noch etwas! Ich stieg hinauf, erhob mich langsam in die Senkrechte, schob das eine Bein vor und dann, vorsichtig balancierend das andere. Da stürzte ich auch schon und fiel seitlich hinunter auf den harten Stein. Als ich aufstand, schmerzte der Arm höllisch. Ich wollte ins Haus zurück, da kam die Mutter, die vom Fenster aus alles gesehen hatte, mir entgegen. Sofort ins Krankenhaus, der rechte Arm war gebrochen! Die erste Narkose meines Lebens und ein Gips. Grausam schlecht war mir, und ich erbrach mich gleich nach dem Aufwachen mit dem schweren weißen Klotz am Arm, der immer noch wehtat. Beim Abendessen musste ich mit der linken Hand essen. Vater wollte mich trösten und meinte, es würde nicht lange dauern, nur drei Wochen. Mir schien das eine Ewigkeit.

Der Film war in Sekundenschnelle vor meinem inneren Auge abgerollt. Ich spürte die Enttäuschung und den Schrecken beim Sturz, die Schmerzen und die Übelkeit nach der Narkose, die Hilflosigkeit mit dem unbeweglichen Arm, als geschähe es in diesem Moment. – Aber warum gerade jetzt diese Erinnerung an die Erfahrung eines Sturzes in etwas, was für die Sekunde des Falls ein bodenloser Abgrund schien? Warum jetzt die Erinnerung an diesen harten Aufschlag, diese Verletzung?

Abrupt erhob ich mich und ging die Treppe hinauf, die zum Hauseingang führte. Die angekohlte Tür war offen. Überall herunterhängende Balken, gesprungene Fenster, rußgeschwärzte Möbel, teilweise verbrannt. Es war wohl gefährlich, sich hier hereinzuwagen, aber mir war das egal. Mit Mühe öffnete ich die Tür zum Esszimmer. Da stand der alte Tisch, kaum beschädigt, der Tisch, um den wir alle gesessen hatten, Tag für Tag. Der Tisch, an dem wir einmal guter Dinge gewesen waren und uns unterhalten hatten, an dem dann aber meist geschwiegen wurde, je mehr wir heranwuchsen. Der Tisch, an dem ich mit Eberhard Blicke getauscht hatte, wenn zwischen den Eltern die Luft dick wurde. In dieses Esszimmer war der Vater hereingetreten, um uns zu sagen, dass unsere Mutter uns verlassen hatte.

Ich wandte mich zum Gehen. Auf der Treppe zur Haustür ein anderer Film: Sie kommt mir auf Krücken entgegen, die Vierzehnjährige von damals. Draußen, auf Lisas Gut, hatte sie in den Sommerferien mit ihrer Freundin Gertrud auf dem Zaun einer Koppel gesessen. Vor ihnen grasten zweijährige Pferde, nicht zugeritten. Sie hockte oben auf dem Zaun, und ein Brauner kam und schnupperte an ihrem Bein. Er wendete ihr die Breitseite zu, und plötzlich befand sie sich auf seinem Rücken. Erschrocken fing er an zu laufen, zu traben, danach folgten ein paar Galoppsprünge. Schließlich bockte das Pferd, und sie flog in hohem Bogen ins Gras. Sie konnte nicht mehr aufstehen. Das Bein war gebrochen. Wieder Narkose, das Bein im Gips, und zwei Wochen an Krücken. Dann, weil das Bein kürzer zu werden drohte, sechs Wochen Streckverband im Krankenhaus. Eine schreckliche Zeit schlafloser Qual.

Was sollte auch diese Erinnerung? Noch ein Sturz, noch eine Zeit der Hilflosigkeit, der Verzweiflung! Nein, jetzt nicht, das jetzt nicht!

Ich trat auf die Straße und lief los. Aber wohin? Ich hatte die Derfflingerstraße 21 im Kopf, die Adresse der Reichsfrauenführung, aber niemand war in der Nähe, bei dem ich mich hätte erkundigen können, wie man dort hinkam. Doch da drüben räumte jemand in den Trümmern, eine alte Frau. Das sei weit, meinte sie: »Aber jehense man in diese Richtung, Froleinche.« Sie deutete die Albertinenstraße hinunter. »Da kommense auf die Greifswalder, und die führt ins Zentrum.« Sie musterte mich mit einem mitleidigen Blick. Ich stutzte. »Froleinche« nannte sie mich, trotz meiner – allerdings ramponierten – Uniform! Plötzlich sah ich mich mit ihren Augen: eine verstörte, erschöpft wirkende Zwanzigjährige, die nicht ein noch aus wusste! Ich nickte der Frau kurz zu und begann zu laufen. Schließlich wusste ich doch, wohin ich wollte!

Auf der Greifswalder Straße passierte ich Vaters schwer zerstörte Fabrik. Den Umweg zur Schule wollte ich nicht machen, denn ich musste mich beeilen. Es war schon fast dunkel, als ich schließlich völlig erschöpft die Dienststelle der BDM-Reichsreferentin in der Derfflingerstraße fand. Man war gerade im Aufbruch, und eine der Kameradinnen nahm mich mit nach Hause. Endlich wieder ein Mensch, dem ich mich zugehörig fühlte, endlich mal wieder etwas zu essen und ein Bett !

Wir waren beide innerlich damit beschäftigt, dass in diesen

Tagen womöglich etwas zu Ende ging, dessen Ende wir uns niemals hatten vorstellen wollen und können, und sprachen nur das Notwendigste. In dieser Nacht gab es erstaunlicherweise keinen Alarm. Ich schlief unruhig und träumte wirr.

Am nächsten Morgen, in der Dienststelle, bat mich Jutta Rüdiger zu sich. Das Gespräch mit ihr erinnerte mich an die Gespräche mit Mia: Das Gefühl, ins Bodenlose zu fallen, war sofort verschwunden, denn ihre Ruhe und ihr Ernst gaben mir mein Selbstvertrauen zurück. Sie sagte mir unter anderem, dass dringend Pflegepersonal für ein Lazarett einige Kilometer östlich von Berlin gesucht würde, und ich machte mich dorthin auf den Weg.

Das Lazarett

Ich möchte Dir, Hanna, die Details der furchtbaren Situation in diesem Lazarett ersparen. Es ist für mich selbst kaum erträglich, mir das alles in Erinnerung zu rufen. Das Elend derjenigen, die es in dieser Phase des Krieges noch erwischt hatte, war kaum mit anzusehen. Die Ärzte und das Pflegepersonal arbeiteten bis zum Umfallen. Es fehlte an allem. Operationen mussten ohne oder unter nur ungenügender Betäubung durchgeführt werden. Das Stöhnen mancher Schwerverwundeter war schrecklich anzuhören, und der Geruch schlecht versorgter und zum Teil eiternder Wunden war unerträglich.

Einer der Verwundeten – ein junger Mann, der mich mit seinem rotblonden Schopf an Eberhard erinnerte – sprach häufig im Fieber. Er war sehr erregt, und ich setzte mich, so oft ich konnte, für einige Augenblicke zu ihm, wischte ihm den Schweiß von der Stirn und versuchte zu erfassen, was er sagte. In seinem wirren Gestammel verstand ich immer wieder das Wort »erschossen«, mehr aber nicht.

Angesichts der Hölle in diesem Saal vergaß man die Hölle draußen. Aber in den kurzen Momenten, die man kaum als Nachtruhe bezeichnen konnte, hörte man die näher rückende Front, und in den wenigen Stunden Schlaf träumte ich von Eberhard. Wieder schwebte ich über der unendlichen Weite der russischen Ebene, um ihn zu suchen. Ein eisiger Wind pfiff über dürre Halme. Kein Mensch war zu sehen. Ich erwachte mit einem dumpfen Gefühl der Verzweiflung.

Am nächsten Tag erfolgte die Meldung, dass das Lazarett nach Süddeutschland verlegt werden würde. Die Verwundeten wurden in Sanitätswagen der Wehrmacht transportiert, und ich sollte als Begleitperson mitkommen. Ich tat das nur widerstrebend, denn eigentlich hatte ich in Berlin bleiben wollen. Aber es leuchtete mir ein, dass ich bei diesem schwierigen Transport gebraucht wurde. Außerdem gab es Gerüchte, dass der Führer sich bald in die Alpenfestung nach Berchtesgaden absetzen würde, und damit verknüpfte sich für mich eine vage Hoffnung.

Unsere abenteuerliche Flucht endete schließlich in einer süddeutschen Kleinstadt unweit der Alpen. Die Verwundeten wurden in ein als Lazarett umgewandeltes Krankenhaus übernommen. Für mich hatte man keine Verwendung mehr, es gab genügend ausgebildetes Personal. Ich musste mir Arbeit suchen.

Heft 3

Sturz ins Bodenlose (1945–1950)

Der Zusammenbruch

Durch Zufall erfuhr ich, dass auf dem großen Hof der Familie Haften, ganz in der Nähe des Lazaretts, eine Stelle in der Hühnerzucht frei geworden sei. Ich meldete mich dort, und Monika, die robuste und tatkräftige Hühnermeisterin, stellte mich sofort ein, als sie hörte, dass ich ein RAD-Lager im Warthegau geleitet hatte.

»Ich war selbst RAD-Maid im Osten«, sagte sie, »und es war bisher die schönste Zeit meines Lebens. Man wusste doch, wofür man arbeitete, und unsere Lagerleiterin war eine beeindruckende Frau. Wir alle schwärmten für sie.«

Ich weiß nicht warum, aber ich hatte gleich den Verdacht, dass es Mia Neumann gewesen sein könnte, und bald stellte sich heraus, dass ich recht hatte: Monika war kurz nach mir in Mias Lager gewesen.

Ich bekam ein Zimmer in dem kleinen Haus, in dem die Hühnerzucht untergebracht war, und wurde mit anderen Gutsangestellten, die auch keine Familie hatten, verpflegt. Es war seit Jahren das erste Mal, dass ich eine vergleichsweise leichte Tätigkeit, geregelte Arbeitszeiten und genug zu essen hatte, aber mir war nicht wohl dabei. Hätte ich nicht in Berlin bleiben sollen, um meine Pflicht zu erfüllen und, wenn es sein musste, mein Leben zu opfern?

An einem Sonntag fuhr ich auf einem geliehenen Fahrrad zum Versehrtenkrankenhaus, wo die von mir betreuten Verwundeten untergekommen waren. Ich fragte nach dem jungen Soldaten, dessen Fieberträume ich zu verstehen versucht hatte. Er war entlassen worden. Niemand kannte seinen Aufenthalt.

Wann würde der Führer nun endlich in die Alpenfestung kommen? An diese unbestimmte Hoffnung klammerte ich mich mit aller mir verbliebenen Kraft. Zusammen mit Monika saß ich abends vor dem Radio, um die immer bedrohlicher klingenden Wehrmachtsberichte zu hören. Die Seelower Höhen waren endgültig in der Hand der Sowjets, Breslau wurde belagert. Am 20. April, dem Geburtstag Hitlers, warteten wir vergeblich auf die Nachricht, dass er sein Hauptquartier nach Berchtesgaden verlegt habe. Wir vernahmen nur eine kurze Meldung, dass die engsten Mitarbeiter wie Joseph Goebbels, Hermann Göring, Heinrich Himmler, Albert Speer und Martin Bormann ihm gratuliert hatten. Reichsjugendführer Arthur Axmann überbrachte ihm die Glückwünsche der Hitlerjugend. Am 25. April schloss sich der Belagerungsring um Berlin. Auch Hitler war dort eingeschlossen!

Ich fühlte mich zunehmend erschöpft und niedergeschlagen. Morgens kam ich kaum aus dem Bett und fing an, mich bei der Arbeit den Hühnern gegenüber aggressiv zu verhalten. Wenn sie, laut gackernd an die Tröge drängten, ehe ich das Futter hineingeschüttet hatte, jagte ich sie grob auseinander, was sie mit noch lauterem Gegacker beantworteten. Am liebsten hätte ich den vollen Eimer nach ihnen geworfen. Beim Einschlafen sah ich Hunderte von nickenden Köpfen mit ihren roten Kämmen und braun befiederten Leibern, ein Bild der Dummheit und Hysterie.

Von Monika hörte ich, es gebe ein Gerücht, dass sich in einem nicht weit entfernt gelegenen großen Schulungslager der Hitlerjugend hochrangige Führerinnen aus verschiedenen Teilen des Reiches zusammengefunden hatten. Ich überlegte, ob ich mich dort melden sollte, denn es war mit dem Fahrrad gut erreichbar. Vielleicht würde ich Jutta Rüdiger dort treffen. Aber ich konnte mir nicht vorstellen, dass sie Berlin verlassen hatte, und so unterließ ich die Fahrt.

Am 30. April, einem sonnigen Frühjahrstag, kam gegen Mittag die Meldung, dass der Führer im heldenhaften Kampf um die Reichshauptstadt gefallen sei und das Oberkommando Großadmiral Karl Dönitz übergeben habe. Dieser sprach in einer kurzen Rede davon, dass der Kampf gegen den vordrängenden bolschewistischen Feind fortgesetzt würde. Das ist das Ende!, war das Einzige, was ich noch denken konnte.

Am Nachmittag hieß es plötzlich, wir sollten in unseren Häusern bleiben, sie würden sonst womöglich geplündert werden. Häftlinge des Konzentrationslagers Dachau, die durch eine in der Nähe gelegene Kleinstadt getrieben wurden, seien von ihren Bewachern verlassen worden und machten nun die Gegend unsicher. Wir hörten, dass sie in einer Molkerei eingebrochen seien und sich über die dort gelagerten Vorräte hergemacht hätten. Sie hätten sich mit der in der Kühlkammer aufbewahrten Butter, dem Käse und der Sahne den Bauch vollgeschlagen, hätten dann alles ausgekippt und seien darin herumgetrampelt. Zwei Häftlinge wären gestorben, da ihre ausgehungerten Körper die ungewohnt fette Nahrung nicht hatten verdauen können.

Tatsächlich tauchten nach einiger Zeit ein paar Gestalten in blau-weiß gestreiften Kitteln auf. Monika und ich beobachteten sie durchs Fenster. Unter ihnen war ein relativ großer Kerl, der nicht so ausgehungert aussah, wie die anderen, offenbar der Anführer der Gruppe. Sie gingen auf das im Süden des Hofes gelegene Haus der Gutsbesitzerin zu. Der Gutsverwalter wollte sie davon abbringen, ein Streit entwickelte sich, und der Verwalter schlug im Zorn seine Tabakspfeife auf den Kopf des aufgebrachten Häftlings. Der war gerade dabei zurückzuschlagen, als sich die Haustür der Villa öffnete. Frau von Haften trat mit raschen, entschlossenen Schritten heraus und auf die Streitenden zu. Sonderbarerweise beruhigte sich der Häftling sofort, als Frau von Haften ein paar Worte mit ihm gewechselt hatte. Wir konnten nicht hören, in welcher Sprache sie redete und was sie zu ihm sagte, aber er machte sich mit seinen Kameraden davon.

Wir hatten gefürchtet, dass sie die Hühner auf grausame Weise umbringen, die Eierkammer ausräumen oder gar in die Wohnhäuser einbrechen würden. Das war nun vorbei wie ein Spuk, und am 1. Mai tauchte ein Jeep auf, besetzt mit amerikanischen Soldaten, um sich auf dem Hof umzusehen. Sie waren freundlich und verteilten Kaugummi an die Kinder. Man war froh, dass die Amerikaner und nicht die Russen einmarschierten, und von vielen wurden sie auch freudig begrüßt. Besonders zwei weibliche Lehrlinge, mit denen ich mich gut verstanden hatte, schienen gleich mit den Soldaten anbandeln zu wollen und benahmen sich entsprechend. Angeekelt und tief enttäuscht ging ich auf mein Zimmer und warf mich aufs Bett.

In dieser Nacht lag ich wach, bedrängt von Schuldgefühlen: Warum war ich nicht in Berlin geblieben? Warum hatte ich es nicht mit dem treuen Hagen gehalten und war den anderen in den Untergang gefolgt? Warum nur hatte ich diesen Verrat begangen? Verzweifelt schlief ich schließlich ein. Ich konnte mir nicht vorstellen, wie es weitergehen sollte.

Am nächsten Morgen weckte mich Monika. Die Hühner mussten versorgt werden. Ich schleppte mich zur Arbeit.

Als am 9. Mai die bedingungslose Kapitulation in Kraft trat, war ich wie versteinert. Ich verrichtete meine Arbeit mechanisch, während meine Gedanken unheimliche Wege gingen: Immer wieder sah ich einen Fluss, auf dessen grünlich glitzernder Oberfläche zahlreiche Wirbel ihr Spiel trieben. Während ich mich mit Futterkübeln rechts und links belastet durch den Stall schleppte, spürte ich die saugenden Wirbel unter meinen Füßen und wünschte, sie zögen mich abwärts. Dieser Fluss existierte. Er wand sich, kaum eine halbe Stunde zu Fuß vom Hof entfernt, durch das Moor. Vor einigen Tagen hatte ich lange auf einer der Brücken gestanden und in das träge dahinziehende, undurchdringliche Grün hinuntergestarrt.

Ein paar Tage später träumte ich von Hitler. Ich hatte sein Antlitz vor mir, so monumental und glatt, wie ich es Tausende Male auf Plakaten gesehen hatte. Es erhob sich riesig und bedeckte den Horizont. Während mich die Verehrung für diesen Mann, von der ich den größten Teil meines bisherigen Lebens erfüllt gewesen war, wie ein stechender Schmerz überfiel, begann dieses Gesicht zu zerfallen. Zuerst brachen die Augen nach hinten durch, dann der Mund. Plötzlich rollte das Ganze zusammen wie ein Tuch, wurde zur Seite gezogen und gab den Blick auf das Gebirge frei. Ich wachte auf mit einem Schrei, schweißgebadet.

Als ich aufstand und durchs Zimmer taumelte, war es schon Tag. Draußen schien die Sonne. Die Blüten des Apfelbaums vor meinem Fenster waren aufgebrochen. Ich legte mich wieder ins Bett, zog die Decke über den Kopf und schloss die Augen. Heute hatte ich frei. Was sollte ich tun, so ohne Arbeit, bei dieser strahlenden Sonne? Lange lag ich da. Vom Dorf herüber klangen Glocken: Maiandacht! Davon hatten sie gestern gesprochen und hatten mich gedrängt mitzukommen. Ungehalten hatte ich abgelehnt. Jetzt feiern sie also den Frieden!, dachte ich. Wie kann man diesen Frieden feiern, der eine schmähliche Niederlage ist? Hatten nicht auch sie an den Endsieg geglaubt? Nun sprachen sie von Befreiung! – Befreiung von was?

Unterm Apfelbaum

Als ich vor das Haus trat, sah ich den Apfelbaum, und ich warf mich unter ihm ins Gras. Während seine Blütenblätter wie warmer Schnee auf mich fielen, bedrängten mich Bilder der letzten Monate: der junge Soldat im Fieber, die Toten und Verwundeten im Lazarett, das zerstörte Berlin, das ausgebrannte Vaterhaus. Ich starrte in den Himmel, immer tiefer hinein, immer weiter zurück in meine Kindheit und weiter durch sie hindurch, doch ich kam zu keinem Ende. Die Sonne wärmte meinen Körper, aber ich war weit fort, dort oben, in der erbarmungslosen Kälte des Raums.

Es ist schwer für mich, Hanna, meinen damaligen Zustand aus diesem großen zeitlichen Abstand zu beschreiben. Genau genommen ist es mir nicht mehr möglich. Wenn ich aber, so gut es eben geht, zurückschaue, dann sehe ich mich dort unter einem blühenden Apfelbaum im Gras liegen, umgeben vom aufbrechenden Frühjahr, zwischen Anemonen und Primeln. Gleichzeitig spüre ich auch heute noch etwas von der inneren Finsternis, der nachtschwarzen Ratlosigkeit, von diesem Sturz ins Bodenlose; und ich wundere mich, dass das Bild des grünen, zwischen weidenbestandenen Ufern dahinziehenden Flusses mit seinen Wirbeln nicht unwiderstehlich für mich wurde in diesen Augenblicken. Es wäre nur ein kurzer Fußmarsch auf der von Birken gesäumten Landstraße gewesen.

Während ich darüber nachdenke, komme ich ins Grübeln, wie mein Leben und das unzähliger anderer Menschen verlaufen wäre, wenn Hitler in meinem Geburtsjahr nach dem gescheiterten »Marsch auf die Feldherrnhalle« nicht in Hanfstaengls Haus vom Selbstmord abgehalten worden wäre. Gut, dass ich in der damaligen Verzweiflung noch nicht wusste, dass Hitler in diesen Tagen des Untergangs doch noch Selbstmord verübt hatte. Womöglich hätte das Bild dieses Flusses dann die Oberhand gewonnen und mich hinuntergezogen.

Zurück ins Leben

Eine Wende trat ein, als Else, die vierzehnjährige Tochter der Gutsbesitzerfamilie, in der Hühnerzucht mitzuarbeiten begann. Das Internat, auf dem sie zur Schule ging, hatte die Schülerinnen und Schüler kurz vor Kriegsende nach Hause geschickt, und nun wollte sie sich in der Landwirtschaft nützlich machen. Obwohl das schlanke, aber körperlich kräftige Mädchen sonst eher zurückhaltend war, suchte sie das Gespräch mit mir. Mit ihren lebhaften braunen Augen war sie mir sofort sympathisch. Ob sie etwas über meine nationalsozialistische Vergangenheit wusste, war mir nicht klar, und ich vermied es, davon zu sprechen. Aber wir fanden bald ein gemeinsames Thema: die Musik. Sie hatte seit einigen Jahren Geigenunterricht, und ich erzählte ihr, wie sehr ich mein Instrument vermisste.

»Ich habe eine zweite Geige«, sagte Else und lachte mich an, »auf der könnten Sie üben! Kommen Sie doch heute nach dem Abendessen zu uns. Ich gebe sie Ihnen, und wir spielen auch gleich etwas zusammen.«

Es war das erste Mal, dass ich die Villa betrat. Der holzgetäfelte Vorraum erinnerte mich ein wenig an mein Elternhaus. Wir gingen ins Musikzimmer, wo ein Blüthner-Flügel stand. Else gab mir die Geige, und während sie ihre auspackte und stimmte, sah ich mich um. Über den schrecklichen Ereignissen der letzten Wochen und Monate hatte ich vergessen, wie das Musikzimmer einer bürgerlichen Familie aussieht. Da war ein Barockschrank, voll mit Noten und Schallplatten, und integriert in diesen Schrank ein Plattenspieler. An der Wand hing ein Pastellbild mit weißen Pfingstrosen, und auf dem Boden stand eine leuchtend blaue chinesische Vase, verziert mit roten Fischen. Die Büste eines Mannes mit markanten und gleichzeitig melancholischen Zügen, die auf dem Flügel stand, fiel mir ins Auge.

»Das ist mein Vater. Er lebt nicht mehr«, sagte Else, die meinem Blick gefolgt war, leise. Ein Schatten flog über ihr Gesicht. Ich hätte gern mehr über ihn erfahren, scheute mich aber wie so oft, Fragen zu stellen.

Else schlug vor, die Telemann-Duette zu spielen, die sie mit ihrer Freundin im Internat zu üben angefangen hatte. Wir verloren uns in der sicheren Klarheit und Farbigkeit dieser Musik und vergaßen die Zeit, bis Elses Mutter hereinschaute: »Es ist halb zehn! Ihr müsst morgen arbeiten.« Ich war erfreut, wie freundlich sie mich ansah, während sie die Tür wieder schloss.

Else schien unser Zusammenspiel gefallen zu haben, denn sie lud mich von jetzt an öfter in die Villa ein, und ich durfte ihre Geige mitnehmen. Bald verbrachte ich den größten Teil meiner freien Zeit mit diesem Instrument, und das Spiel half mir, meine Depression langsam zu überwinden. Else fragte mich, ob ich ihr Stunden geben könne, und ich kam von da an regelmäßig in die Villa.

Eines Tages lud mich Else zum Abendessen ein. »Du wirst unseren Gast kennenlernen«, sagte sie. »Er ist ein Wiener Jude. Er war im KZ in Dachau und wurde von den Amerikanern bei uns einquartiert, nachdem seine Lagergenossen hier in der Gegend am Plündern waren. Er sollte uns beschützen. Das Plündern ist jetzt vorbei, aber er wohnt noch immer bei uns. Er soll sich weiter erholen, auch weiß er nicht, wohin er gehen kann. Er heißt Janek Loeb.«

An diesem Abend ging ich etwas beklommen den Weg zur Villa, auf dem ich den Streit zwischen dem Ukrainer und dem Gutsverwalter beobachtet hatte, der sich so rätselhaft auflöste, sobald Elses Mutter dazwischentrat.

Während ich an der Haustür läutete, tauchte plötzlich das Bild der Szene vor dem hohen Bretterzaun des Łódźer Ghettos auf, als sich eine der in den Zaun eingelassenen Türen öffnete und ein Mann mit schreckverzerrtem Gesicht herausstürzte.

Die Haushälterin ließ mich ein und bat mich gleich ins Esszimmer. Man war gerade dabei, sich zu setzen, und ich wurde mit Herrn Loeb bekannt gemacht. Er hatte einen kahl geschorenen Kopf, und die erschreckende Magerkeit seines gelblichen Gesichts wurde durch eine Nickelbrille mit runden Gläsern, bei der ein Haltebügel durch ein Gummiband ersetzt war, noch unterstrichen. Ich wagte ihn kaum anzusehen, und der Blick, den wir bei der Begrüßung tauschten, war so flüchtig wie die Berührung unserer Hände. Es gab Dampfnudeln mit Apfelmus und Vanillesauce, wohl dem Wiener Gast zu Ehren, der auch kräftig zulangte. Ich aber brachte kaum einen Bissen hinunter.

Herr Loeb nahm fast gar nicht am Gespräch teil. Manchmal hob er seinen Blick vom Teller und schaute in die Runde, als käme er von einem anderen Stern. Die verhungerten Kinder des Kutnoer Ghettos erschienen mir, wenn ich nur kurz sein ausgemergeltes Gesicht beobachtete. Es fiel mir auf, dass er einen Anzug von auffallend guter Qualität trug, und ich vermutete, dass er vom Hausherrn stammte und ein Geschenk von Elses Mutter war.

Nach dem Essen gingen Else und ich ins Musikzimmer. Ich war nicht bei der Sache und kam in der Triosonate von Bach, die wir gerade übten, mehrmals aus dem Takt.

Else sah mich erstaunt an. »Was hast du?«

Ich antwortete ihr nicht, sondern fragte: »Sag mal, ist das richtig, dass Herr Loeb einen Anzug deines Vaters trägt?«

Else nickte und sagte trocken: »Ja, Vater braucht ihn nicht mehr!«

»An was ist er eigentlich gestorben?« Im selben Moment erschrak ich über meine Frage, obwohl ich nicht genau wusste, warum.

»Er wurde hingerichtet, nach dem 20. Juli. Er gehörte zu denen, die sich an dem Hitler-Attentat beteiligt hatten. Zuerst sah es so aus, als würde er nicht entdeckt werden. Aber dann haben sie ihn doch abgeholt. Ich war damals im Internat und hatte von seiner Widerstandstätigkeit nichts gewusst. Auch meiner Mutter hatte er nur das Notwendigste gesagt, denn er wollte uns und auch sich selbst nicht gefährden, so erzählte sie mir wenigstens.«

»Und was hast du gedacht, als du davon erfuhrst?«

»Anfänglich war ich entsetzt«, antwortete Else. »Wie konnte er nur so etwas tun? Meine Mutter erklärte mir dann alles, so gut sie es konnte, aber ich verstand es trotzdem nicht wirklich. Ich war ein begeistertes Jungmädel und wäre gern Führerin geworden. Aber im Internat war in dieser Hinsicht nicht viel los. Der Leiter war ein Regimegegner, und deshalb konnte ich auch nach dem Tod meines Vaters weiter dort zur Schule gehen. Aber manche Mitschülerin hat mich von da ab gemieden, darunter meine beste Freundin. Die Eltern steckten dahinter. Das war schlimm. Ich wollte dazugehören, so wie alle anderen, und keinen Verräter zum Vater haben. Meiner Mutter kann ich das nicht sagen. Vielleicht kannst du das verstehen?« Else sah mich fast ängstlich an.

Ich nickte. »Ich versteh dich gut. Mir ging es mit meinem Vater ähnlich. Auch er war ein Gegner und hatte das Attentat unterstützt. Aber er starb ein Jahr zuvor. – Ich selbst aber war eine überzeugte Nationalsozialistin und glaubte felsenfest an unsere Aufgabe im Osten!«

»Und was hast du dort getan?«, wollte Else nun wissen.

Ich berichtete ihr von der Betreuung der volksdeutschen Bäuerinnen, und ich spürte, wie sie mich bewunderte.

»Aber was sie den Juden angetan haben, ist furchtbar, das stimmt. Herr Loeb hat uns davon erzählt«, unterbrach sie mich plötzlich. »Ich habe den Eindruck, dass er noch vieles verschweigt. Womöglich hat er seine Frau und seine Kinder verloren. Warum haben sie so etwas getan? Du musst doch etwas davon gesehen haben, du warst doch dort!«

Ich war verlegen, versuchte, ihr mein Unwissen und meine

Blindheit irgendwie zu erklären, und sprach auch über die Halböffentlichkeit, in der sich diese Gräueltaten abgespielt hatten.

Else schien nicht zufrieden mit meiner Antwort, und ich war es auch nicht. Wir trennten uns, und ich glaubte, dass unsere Vertrautheit einen Riss bekommen hatte. Dem war aber nicht so. Ich wurde zwar nicht mehr zum Abendessen eingeladen, was mir sehr recht war, aber das abendliche Musizieren ging weiter. Wenn ich Elses Mutter zufällig traf, war sie gleichbleibend freundlich. Dafür war ich ihr dankbar, denn die Freundschaft zu Else war mir wichtig. Sie war für mich – das wurde mir später bewusst – wie ein Tor zurück ins Leben. Ich fühlte mich jedoch immer noch als Nationalsozialistin und dachte, wir alle, die wir daran geglaubt hatten, würden ungerecht behandelt. Denn wir hatten mit der besten Absicht für unser Volk gehandelt, und eines Tages würde, so hoffte ich, die Wahrheit ans Licht treten.

Im Herbst musste Else wieder zurück ins Internat, und der Abschied fiel uns beiden schwer. Else hoffte, mich in den Weihnachtsferien wiederzusehen, jedoch war ich mir unsicher, wie lange ich auf dem Hof bleiben konnte und wollte, denn meine Entnazifizierung stand bevor.

Ich hatte mich an die Arbeit in der Hühnerzucht gewöhnt und hätte dort, da Monika die Meisterin war, eine Lehre beginnen können. Aber nach einiger Zeit merkte ich, dass es hauptsächlich das Zusammensein mit Else gewesen war, das mir diese Tätigkeit erträglich gemacht hatte. So beschäftigte ich mich in meiner Freizeit noch mehr mit der Geige, die Else mir inzwischen geschenkt hatte.

Anfang November trafen wir uns in einer der wenigen nicht zerstörten Kirchen Münchens zur h-Moll-Messe von Bach. Else durfte von ihrem Internat aus zu diesem Ereignis fahren, und sie lud mich dazu ein. Ein vor Kurzem gegründeter Laienchor hatte sich mit einem Laienorchester zu diesem Zweck zusammengefunden, und für mich war es die erste Aufführung dieser Art. Die Kirche war kalt und überfüllt. Die Menschen saßen in dicken Mänteln auf den harten Bänken, viele in Feldgrau. In den kurzen Pausen zwischen den einzelnen Teilen war nicht der geringste Laut zu hören, und als das »Miserere« erklang, liefen mir die Tränen über die Wangen.

Nach den Schlussakkorden wartete der Dirigent einige Augenblicke, wandte sich dann um – ehe der Beifall losbrach – und legte den Zeigefinger auf die Lippen. Das erste schüchterne Klatschen brach sofort ab, und die Menschen verließen schweigend den hohen Raum, in dem die Musik noch nachzuhallen schien. Vor der Kirche gaben Else und ich uns die Hand. Ich wich ihrem fragenden Blick aus.

Vor der Spruchkammer

Kurz nach Weihnachten erhielt ich einen Fragebogen zu meiner Entnazifizierung. Beim Durchlesen empörte ich mich über die bürokratische Naivität, die sich darin ausdrückte. Offensichtlich hofften die Sieger, durch Fragen nach der Mitgliedschaft in der NSDAP und sonstigen politischen Aktivitäten, die wahre Gesinnung eines Menschen zu erfahren. Ich zweifelte auch daran, dass die Menschen, die bei der Verhandlung über mich zu richten hatten, dazu berechtigt waren. Was mussten das für Leute sein, die sich dazu hergaben, als Handlanger der Sieger und Besatzer über ihre Landsleute zu Gericht zu sitzen, die versucht hatten, eine große politische Idee zu verwirklichen? Außerdem hatten wir Deutsche nichts anderes getan als unsere Feinde: Wir hatten das Vaterland verteidigt und dafür gearbeitet, dass es wieder groß und unabhängig dastand. Vor allem die Sowjetunion – was hatte die uns voraus? War Hitler mit seinem Angriff Stalin nicht einfach zuvorgekommen? Und war die Idee der kommunistischen Weltrevolution nicht viel bedenklicher als die des Nationalsozialismus, der Europa neu ordnen und sich dabei den notwendigen Lebensraum im Osten sichern wollte? Hatten außerdem die Engländer und Franzosen sich nicht auch ihren Lebensraum gesichert, indem sie ihre Kolonien eroberten? Uns waren unsere sehr viel kleineren kolonialen Besitzungen ja in Versailles weggenommen worden!

So war ich weiterhin der Überzeugung, dass uns im tiefsten Grunde Unrecht geschähe, und für das Spruchkammerverfahren hatte ich mir eine Rede zurechtgelegt, die aus einer Aneinanderreihung von derartigen Gedanken bestand. Aber als ich dann – ein paar Monate später – tatsächlich vor der Spruchkammer stand, wurde mir bald klar, dass ich an den Leuten vorbeireden würde, wenn ich damit anfinge. Es waren eher schlichte Menschen, wahrscheinlich mehrheitlich aus dem kommunistischen Lager. Sie nahmen ihre Aufgabe sehr ernst, waren aber juristisch nicht geschult und gingen deshalb sehr formal vor. Sie hatten meinen ausgefüllten Fragebogen vorliegen, und durch die Tatsache, dass ich im Rang einer Scharführerin zum RAD übergewechselt war, es dort nur zur Lagerleiterin gebracht hatte und nicht einmal Parteimitglied gewesen war, wurde ich ohne große Umstände als »Mitläuferin« eingestuft.

Abgesehen von einer gewissen Erleichterung – denn so hatte ich keine beruflichen Einschränkungen zu erwarten –, forderte dieses milde Urteil einen seltsamen Trotz bei mir heraus. Ich hatte das Urteil »minderbelastet« erwartet, und warf mir nun vor, nicht darauf bestanden zu haben, meine Verteidigungsrede vorzubringen, dann hätten sie mich niemals als so harmlos angesehen.

Du wirst das befremdlich finden, Hanna, aber meine Reaktion zeigt Dir vielleicht, was für ein mühsamer und langwieriger Prozess es war, mich aus der nationalsozialistischen Weltsicht zu lösen, und wie lange ich hin und her schwankte.

Als Nächstes überlegte ich mir, auf welche Weise ich nun meinen Unterhalt verdienen und mein Leben fristen könnte. Es zog mich in die Stadt, und ich griff sofort zu, als ich bei einem Besuch in München durch einen Zufall Gisela Schwarz begegnete, einer früheren Kollegin aus dem Arbeitsdienst. Sie besaß eine Wohnung und bot mir an, bei ihr einzuziehen. Sie müsse sowieso vermieten, sagte sie, und wir könnten dann die Schäden der Luftangriffe gemeinsam beheben.

Gisela hatte als Sekretärin Arbeit gefunden. Mein Vorhaben war, mir mit Geigenunterricht eine Existenz aufzubauen, und so gab ich ein entsprechendes Inserat auf – und wartete ab. Ich hatte genug erspart, sodass ich mich einige Monate über Wasser halten konnte. Monika und auch Frau von Haften hatten mich nur ungern ziehen lassen, aber mit Else schmiedete ich Pläne, wie sie mich zu gemeinsamen Unternehmungen öfter besuchen könnte.

Als die Nürnberger Prozesse begannen, fing ich an, mir darüber Gedanken zu machen. – Ich war aufgebracht über die Art und Weise, wie dort Siegerjustiz betrieben wurde. Hatten die Alliierten nicht auch Angriffskriege geführt und Massenmorde begangen? War Stalin nicht zur gleichen Zeit wie Hitler in Polen eingefallen, und was war mit den Bombenangriffen auf deutsche Städte kurz vor Kriegsende?

Während der Prozess lief, war die Berichterstattung eher spärlich und das Interesse der Bevölkerung nicht groß. Erst die Urteilsverkündung am 30. September und 1. Oktober 1946 erregte allgemeine Aufmerksamkeit. Ich saß vor meinem Radio und dachte, während der Sprecher die Namen und die Urteile verlas: Sie haben immerhin Unterschiede gemacht! Wie berechtigt sie waren, wusste ich nicht. Ich dachte an meine eigene Entnazifizierungsverhandlung, und empfand das Ganze als beschämend.

Geigenlehrerin

Erstaunlicherweise hatte ich bald genügend Schüler, sodass ich einigermaßen davon leben konnte. Dazu kam, dass ich eines Tages eine Anfrage von Elses Internat erhielt, ob ich nicht dort den Geigenunterricht übernehmen wolle. Es handle sich vorerst um eine Vertretung, denn die bisherige Lehrerin sei überraschend krank geworden. Ich war erstaunt, denn Else hatte mir von der antinationalsozialistischen Haltung des Internatsleiters erzählt. Anscheinend wurde bei Geigenlehrerinnen kein Wert auf korrekte Gesinnung gelegt. Else hatte mir zwar nichts davon gesagt, aber mir war sofort klar, dass sie dahintersteckte, und so fuhr ich sehr gespannt zu dem Vorstellungstermin.

Das Internat lag an einem der Seen südlich von München. Wenn man durch den Torbogen das Gelände der Schule betrat, stand gleich linkerhand das Haus, in dem die Mädchen wohnten, während rechts hohe Bäume die bekieste Straße säumten. Weiter nach links öffnete sich dann der Pausenhof, der großzügige Vorplatz des in bayerischem Stil gehaltenen Haupthauses, in dem die Klassenzimmer untergebracht waren. Über der Eingangstür stand zu lesen: *Non scholae, sed vitae discimus* (»Wir lernen nicht für die Schule, sondern für das Leben«), und neben der Tür hing eine große Glocke, die zu Beginn und am Ende der Schulstunden von einem Schüler geläutet wurde. Über das ganze Gelände waren verschiedene, über Kieswege miteinander verbundene Häuser verteilt, in denen die Jungen untergebracht waren.

Als ich das erste Mal in diese – wie mir schien – heile Welt eintrat, fühlte ich mich sofort wohl. Es war ein warmer Frühlingstag, und eine Atmosphäre der Heiterkeit lag über dem Ganzen, als hätte es die Jahre der Zerstörung nie gegeben. Dass auch hier zum Teil vom Krieg schwer betroffene junge Menschen lebten, merkte ich erst später.

Zum Vorstellungsgespräch begrüßte mich Frau Klinger, die sich als Leiterin des Chores und des Orchesters vorstellte. Ihr Mann, einst Musiklehrer des Internats, war im Krieg gefallen, und sie hatte sein Amt übernommen, weil niemand anderer zur Verfügung stand. Frau Klinger sagte mir, dass sie weitgehend Autodidaktin sei und selbst nicht gut Geige spiele. Deshalb benötigten sie jemanden von außerhalb, und Else hätte ihr in den höchsten Tönen von mir vorgeschwärmt. Ich solle doch versuchen, mit dieser Aufgabe zurechtzukommen. Ich fragte sie, ob sie über meine politische Vergangenheit Bescheid wisse, und sie bejahte. Else hätte ihr davon erzählt, aber sie sei sich mit dem Heimleiter einig, dass das kein Hinderungsgrund für eine Beschäftigung als Geigenlehrerin sei.

Als Else zur ersten Stunde erschien, war die Freude groß. Sie wollte mit der Triosonate von Bach wieder dort beginnen, wo wir damals auf dem Gutshof aufgehört hatten. Während ich sie begleitete, spürte ich, dass bei den Tönen dieser Musik langsam etwas von mir abfiel. Es war, als ob das innere Band sich noch ein Stück weiter löste, mit dem ich in den letzten Jahren im Glauben an das gestürzte Regime noch gefesselt war und das mich in den Monaten nach dem Zusammenbruch manchmal zu erdrosseln drohte.

Je öfter ich dort war, desto mehr bekam ich etwas von dem Umgang zwischen Lehrern und Schülern mit. Es gab Hauseltern, die sich um die praktischen Notwendigkeiten in einem bestimmten Haus kümmerten, und Kameradschaftseltern, die sich mit bestimmten Schülerinnen und Schülern ähnlicher Altersstufen einmal in der Woche trafen. Ich staunte über die Freiheit, mit der Erwachsene und Schüler miteinander umgingen, und über die Nähe, die sie teilweise verband.

Else erzählte mir begeistert von den wöchentlichen Kameradschaftsabenden. Ihre Kameradschaftsmutter war Frau Klinger, die eine große Schallplattensammlung klassischer Musik besaß. Es wurde Musik gehört oder auch vorgelesen und dann darüber gesprochen. Manchmal drehte sich die Unterhaltung auch um Internatsangelegenheiten oder um persönliche Probleme Einzelner.

Ich merkte, dass Else für ihre Kameradschaftsmutter schwärmte und ihr Dinge anvertraute, die sie mit der eigenen Mutter wohl nie besprochen hätte. Ich beneidete sie darum und fragte mich, wie es wohl meiner Mutter und Lisa ging. Seit Kriegsende hatte ich nichts mehr von ihnen gehört, und nun kam ich auf die Idee, mich über das Rote Kreuz nach ihrem Aufenthalt zu erkundigen.

Wiedersehen mit Lisa

Es schien erst hoffnungslos, aber zum Jahreswechsel erhielt ich tatsächlich einen Brief von Lisa. Auch sie hatte mich gesucht. Sie war durch den Kriegseinsatz als Krankenschwester nach Hamburg verschlagen worden, hatte die schweren Luftangriffe auf die Stadt mitgemacht und wurde sogar einmal verschüttet. Das Ende des Krieges hatte sie ebenfalls dort erlebt, dann aber war sie in den britischen Sektor Berlins übergesiedelt, weil ihr dort eine Stelle als Übersetzerin bei der Militärregierung angeboten wurde. Sie schrieb mir, dass ihr Chef im Lauf des Februar in München zu tun habe. Sie würde ihn bei dieser Reise begleiten und könne mich dann besuchen. Sie wollte mir sofort Bescheid geben, würde der genaue Termin feststehen.

Beim Begräbnis unseres Vaters hatten wir uns das letzte Mal gesehen, und ich hatte ihren missbilligenden Blick auf meine RAD-Uniform noch genau im Gedächtnis. Ich erinnerte mich aber auch, dass sie die Hand, die ich ihr damals nur zögerlich reichte, freundlich gedrückt hatte. Mir war sofort klar, dass sich unser Gespräch um den Vater drehen würde, und ich erwartete sie mit Spannung, aber auch mit gemischten Gefühlen.

Mitte Februar schrieb sie mir eine Karte mit dem genauen Datum ihres Kommens. Ich sollte den Ort bestimmen, und ich schlug die Wohnung vor, die ich mit Gisela Schwarz teilte.

Je näher der Termin rückte, desto unruhiger wurde ich. Für den Tag unseres Treffens hatte ich mir Lebensmittelmarken aufgespart und einen Kuchen gebacken, der halb aus Mehl und halb aus gekochten Kartoffeln bestand und mit Rübensirup gesüßt war, für damalige Verhältnisse eine Delikatesse. Gisela besaß gute Beziehungen aufs Land, sie gab mir von ihren Schätzen ab, darunter auch Sirup und Butter.

Als Lisa dann vor mir stand, hatte ich den Impuls, sie zu umarmen, hielt mich aber zurück. Wir gaben uns die Hand.

Sie sah mich forschend an. »Wie geht es dir denn jetzt, nachdem das alles vorbei ist?«

Ich fühlte wie mir – zu meinem Ärger – die Tränen in die Augen stiegen und blieb stumm.

»Was hast du da Gutes gebacken?«, fragte sie lachend, als wir uns an den Tisch setzten.

Ich war seltsam verlegen.

Wir sprachen eine Zeit lang über Belangloses, bis Lisa plötzlich sagte: »Eigentlich möchte ich dir von Vater erzählen.« Ihr Blick streifte mich, und ich dachte: Sie weiß, wie mir zumute ist! »Du konntest so vieles nicht wissen«, fuhr sie fort, »aber du hast wohl manches geahnt. Er hat nicht mit dir über seine Gegnerschaft zum Nationalsozialismus gesprochen, weil er dich für zu jung hielt. Als du dann älter warst und er es versuchte, da war es zu spät. Er erzählte mir damals von eurem Streit, nach dem du ohne Abschied abgereist bist. Deinem Bruder gegenüber verhielt er sich ähnlich. Dieses Schweigen zwischen euch hat ihn sehr bedrückt. Auch dass deine Mutter weggegangen ist, verbitterte ihn, hauptsächlich, weil er wusste, dass sie ihn wegen eines Nazis verlassen hatte. Es war sehr schwer für ihn, er hat immer wieder mit mir darüber geredet.«

Was sie sagte, stürzte mich in ein Gefühlschaos: Ich erinnerte mich an Vaters Blick, der mich streifte, als ich damals, wütend über seine Worte, die ich als Belehrung empfand, aufstand und ihn verließ. Für immer!, dachte ich voller Zorn. Und nun Lisa, die mir erzählte, er hätte unter dieser Fremdheit zwischen uns gelitten!

»Aber fast noch schlimmer war die Tatsache für ihn«, bemerkte sie weiter, »dass er, um eine Enteignung zu vermeiden, gezwungen war, in seinem Betrieb Stiefel und anderes Lederzeug, das für die Wehrmacht in großen Mengen gebraucht wurde, herzustellen. So arbeitete sein Werk für ein Regime, das er aus tiefster Seele hasste, in einem Krieg, an dessen siegreichen Ausgang er nicht glaubte, ja, den er sich nicht einmal wünschte. Das war auch der Grund dafür, dass er den Widerstand unterstützte. Ein prominentes Mitglied war öfter bei euch zu Hause.«

Die von Eberhard geschilderte Szene kam mir in den Sinn, in der mein Vater im Beisein eines Gastes seinem wütenden Wunsch nach der Ermordung Hitlers Ausdruck gegeben hatte. Mir wurde heiß: Vor drei Jahren hatte ich Tränen der Erleichterung geweint, weil Hitler das Attentat überlebt hatte! Ich war beschämt und aufgebracht zugleich, schwieg aber.

»Er starb ja dann, ehe das Attentat durchgeführt wurde, und das war gut so. Das Scheitern noch mitzuerleben wäre ein schwerer Schlag für ihn gewesen.« Weiter sprachlos, starrte ich Lisa an, und sie bemerkte meine Verwirrung, aber es gab noch mehr, was sie mir mitteilen wollte. »In der ersten Zeit nach dem Attentat gab es gewisse Verdachtsmomente gegen uns, seine Familie, und wir wurden überwacht. Die Verbindung unseres Vaters zu den Attentätern blieb jedoch im Dunkeln, und irgendwann verflüchtigte sich der Verdacht.«

Ich war noch weit davon entfernt, zu erkennen, dass auch ich in diesen Verdacht einbezogen gewesen war. Meine Gedanken kreisten um Vater.

»Kannst du mir erklären, warum unser Vater den Nationalsozialismus so heftig ablehnte?«, fragte ich und durchbrach mein Schweigen.

»Das hat eine lange Geschichte. Er war tief beunruhigt über die Zustände in der Weimarer Republik, die sich ja teilweise auf den harten Frieden von Versailles zurückführen ließen. Er hat aber im Gegensatz zur NSDAP und anderen rechtsgerichteten Verbänden immer für einen Ausgleich mit Frankreich plädiert, denn in den guten Beziehungen zum Nachbarland sah er einen Ausweg aus den wirtschaftlichen und politischen Schwierigkeiten. ›Eine Nation stirbt nicht an verletztem Ehrgefühl‹, hat er einmal gesagt, ›wir sollten darauf verzichten, die Zollunion mit Österreich anzustreben und auch auf den Plan, wieder aufzurüsten. Dies beunruhigt die Franzosen nur unnötig.‹ Als dann die Nazis an die Macht kamen und die Wiederbewaffnung zu einem zentralen Thema machten, befürchtete er, dass dies nicht nur Landesverteidigung sei, sondern zur Anzettelung eines neuen Krieges geschehen würde, auf dessen Notwendigkeit Hitler in *Mein Kampf* ja schon hingewiesen hatte. Sobald sich die Gelegenheit bot, schloss er sich einem Kreis Gleichgesinnter an, aus dem dann die Gruppe wurde, die den 20. Juli vorbereitete, und unterstützte dessen Aktivitäten. In seinen letzten Jahren war das Schlimmste für ihn, dass er, um einer Enteignung zu entgehen und so seine Möglichkeiten zur Unterstützung des Widerstands zu schützen, nach außen hin mit dem Regime kooperieren und seine Firma für den Krieg Hitlers produzieren lassen musste.«

Eine neue Welle der Empörung stieg bei diesen Worten in mir hoch: »Schlimm war doch wohl auch, dass seine beiden Kinder sich in den Dienst dieses ihm verhassten Regimes stellten! Warum dieses Schweigen bei den Mahlzeiten, diese ständige Abwesenheit? Hätte er sich nur nicht so zurückgezogen, hätte er mehr mit uns gesprochen, so klein waren wir ja schließlich auch nicht mehr!«

»Ich glaube, ich kann dich verstehen, wenn ich an meine eigenen Probleme mit Vater denke.« Lisa sprach sehr leise. »Er war auch in meiner Jugend schon sehr oft abwesend, und als mein Bruder Eberhard so überraschend starb, war er auf Geschäftsreise. Meine Eltern verstanden sich zunehmend schlechter, und wir hatten darunter zu leiden. Zu dieser Zeit habe ich mich für den Kommunismus interessiert und bin den Jungen Pionieren beigetreten. Das hat ihn schwer getroffen. Als die Eltern dann geschieden waren, habe ich mich von der kommunistischen Partei distanziert. Vater und ich sind uns wieder nähergekommen, und er hat mir oft von seinen Sorgen erzählt.«

Ich betrachtete aufmerksam dieses feine Gesicht mit den ausgeprägten Backenknochen und der hohen Stirn. Sie hat Vaters Augen, dachte ich.

»Weißt du, wenn ich heute zurückdenke, kommt es mir vor«, fuhr Lisa fort und sah mich eindringlich an, »als wäre ich damals aus purem Trotz zu den Pionieren gegangen. Vielleicht wollte ich ihm zeigen, dass ich imstande bin, meinen Weg selbst zu finden, gerade weil er uns ständig allein ließ. Später, als er schon mit deiner Mutter verheiratet war und anfing, manches mit mir zu besprechen, war ich glücklich darüber und kam häufiger zu euch. Zu dieser Zeit hat er mir auch den Hof – der eine Liebhaberei und sein Stolz war – zur Verwaltung übergeben. Du hast mich ja dort öfter besucht.«

»Ich erinnere mich, er hat es gern gesehen, wenn du da warst. Du konntest dich mit ihm auseinandersetzen, aber für mich ist es zu spät. Er lebt nicht mehr. Aber was ich dich schon lange fragen wollte: Was ist eigentlich aus seiner ersten Frau geworden, deiner Mutter?«

Ein Schatten flog über Lisas Gesicht. »Ja, das war eine traurige Sache. Sie kam nicht über den Tod meines Bruders hinweg. Nach der Scheidung verlor sie allen Halt, begann zu trinken und ist dann früh verstorben. Ich war Vater sehr böse und wollte nichts mehr mit ihm zu tun haben. Aber wie ich dir schon erzählte: Das hat sich im Lauf der Zeit wieder geändert.«

Lisa wollte nun mehr über meine jetzige Situation wissen und wie ich die letzten Kriegsjahre überlebt hatte. Dann erzählte sie ihre Erfahrungen und schnitt dabei auch ein Thema an, über das ich mir noch nie Gedanken gemacht hatte: das Eigentum unseres Vaters.

»Soweit ich informiert bin«, sagte sie, »ist alles enteignet, da es in der sowjetischen Besatzungszone liegt, sowohl das Haus als auch die Fabrik. Obwohl ich als ›entlastet‹ eingestuft wurde, habe ich keinen Zugang. Es ist unklar, ob wir das alles jemals zurückbekommen werden.«

Trotz meiner beschränkten Verhältnisse hatte ich nie an dieses Erbe gedacht. Die Vorstellung, von dem Geld zu leben, das mein Vater verdient hatte, war mir völlig fremd. Ich war fast erleichtert zu erfahren, dass es nicht zugänglich war.

Lisa und ich sprachen bis tief in die Nacht und trennten uns im Gefühl einer Zusammengehörigkeit, die mich glücklich machte.

Die Väter

An einem Samstag im Frühjahr 1947 war Else bei mir zu Besuch, und wir saßen gerade beim Abendessen zusammen, als es an der Haustür klingelte. Es war Hilde Voght, meine Freundin aus der RAD-Zeit. Wir fielen uns in die Arme, aber ich bemerkte auch sofort, wie schlecht sie aussah. Hilde sollte sich zu uns setzen, und ich erklärte Else kurz, woher ich sie kannte.

»Wie hast du die letzte Zeit überstanden?«, fragte ich sie zögernd, denn ich ahnte nichts Gutes.

»Mein Vater hat sich den Amerikanern gestellt, aber die Tschechen verlangten seine Auslieferung. Als er sich stellte, war er auf das Schlimmste gefasst. Beim Abschied sagte er zu uns, dass wir womöglich Schlechtes über ihn hören würden, aber er habe immer nach seinen Überzeugungen gehandelt und sei sich keiner Schuld bewusst. Ich verstand das alles nicht, denn er hatte mir ja nie etwas Näheres über seine Tätigkeit im Generalgouvernement erzählt. Vor Kurzem haben sie ihn zum Tod verurteilt und gehängt!«

Else war bleich geworden. »Meinen Vater haben die Nazis gehängt«, brach sie das beklommene Schweigen. »Auch er hat mir gegenüber geschwiegen und mir nie erzählt, warum er dagegen war. Meine Mutter hat mir später erklärt, dass er die Nazis für Verbrecher hielt und dass er sich deshalb den Attentätern angeschlossen habe.«

Von der Straße her heulte der anschwellende und wieder abebbende Ton eines Martinshorns, und in der darauffolgenden Stille wandte sich Hilde plötzlich mir zu: »Aber ich muss vor allem dir etwas sagen, Eva. Bald nach dem Attentat wurde ich von der Gestapo verhört. Sie haben mich über dich ausgefragt, und ich sollte dich dann auch weiter beobachten! Aber ich habe ihnen gleich gesagt, dass es bei dir nichts zu beobachten gibt. Ich fand das alles schrecklich!«

Hilfe suchend sah sie mich an, und ich versuchte ihr zuzulächeln, aber es gelang mir nicht. Ich war sprachlos. Wieder starrte ich in den mir schon bekannten blauschwarzen Abgrund!

Wie wir den Rest des Abends verbrachten, weiß ich nicht mehr. Else und Hilde sprachen lange über ihre Väter, und ich hörte nur noch zu. Und während die beiden Frauen sich unterhielten, stiegen Erinnerungen an meinen Vater in mir hoch. Sein besorgt fragender Blick, mit dem er mich angesehen hatte, ehe ich aufstand und ihn damals zornig verließ, tauchte wieder auf. Er verfolgte mich auch noch in der Nacht, in wirren Träumen, durch die sich dieser grün schimmernde Fluss mit seinen mich anziehenden Wirbeln zog, deren Inhalt ich jedoch am anderen Morgen nicht mehr greifen konnte.

Du kannst Dir vorstellen, Hanna, dass mir das, was ich an diesem Abend erfuhr, nachging. Das Schlimmste war, dass das, was Lisa schon angedeutet hatte, offensichtlich stimmte. Auch ich war von der Gestapo überwacht worden.

In den darauffolgenden Wochen rührte ich meine Geige nur noch an, wenn es im Unterricht unbedingt erforderlich war. Ich hatte Angst vor dem Einschlafen, weil ich auf Albträume gefasst sein musste. Tagsüber war mir oft übel, und ich konnte kaum etwas essen. Gott sei Dank hatte ich meine Schüler, die mich auf andere Gedanken brachten, wenigstens vorübergehend.

Bei einem der nächsten Unterrichtstage in Elses Internat traf ich auf dem Schulhof Frau Klinger. Sie begrüßte mich: »Schön, Sie zu sehen! Ich wollte sowieso heute mit Ihnen sprechen, um Ihnen mitzuteilen, dass Ihre Probezeit vorüber ist. Ich habe mich im Gespräch mit Ihren Schülerinnen und Schülern davon überzeugt, dass Sie offenbar den richtigen Ton treffen. Kommen Sie doch nach dem Unterricht bei mir vorbei, damit wir über eine Dauerregelung sprechen können.«

Frau Klinger hatte eine kleine Wohnung im Mädchenhaus. Als ich an ihrer Glastür läutete, öffnete sie sofort und bat mich, im Wohnzimmer an einem Tisch Platz zu nehmen. Nachdem ich den Vertrag für den Unterricht unterschrieben hatte, bot sie mir Tee und Kuchen an. Ich hatte das Gefühl, dass sie meine tiefe Niedergeschlagenheit bemerkte und den Grund herausfinden wollte. Ich kannte sie jedoch zu wenig, um mit ihr reden zu können.

Das Leben geht weiter

Kurz darauf lud mich Else ein, in den Osterferien ein paar Tage auf dem Gutshof zu verbringen. Ich sagte sofort zu, aber in den folgenden Tagen kamen mir Bedenken. Ein Jahr war ich nicht mehr dort gewesen, und ich wusste nicht, ob die Erinnerungen, die für mich mit diesem Ort verbunden waren, mich nicht noch tiefer in die Verzweiflung treiben würden. Aber schließlich entschied ich mich doch, nicht abzusagen.

Else erwartete mich mit einer Pferdekutsche an der Bahnstation. Es war ein heller Frühjahrstag, und ihre Freude über meine Ankunft übertrug sich auf mich. Plötzlich konnte ich wieder frei atmen.

Else liebte Pferde, und sie war sehr stolz, dass sie mich allein abholen durfte.

»Reiten ist allerdings schöner als kutschieren«, erklärte sie. »Ich bring es dir bei, wenn du willst.«

Ich war mir aber nicht so sicher, ob ich das wollte.

Während ich dann meinen Koffer in dem Gästezimmer im zweiten Stock der Villa auspackte, fragte ich mich, ob man nicht auch Janek Loeb hier untergebracht hatte.

Ehe ich zum Essen gerufen wurde, stand ich auf dem Balkon und schaute in die Dämmerung hinaus. Von hier aus konnte man weit ins Gebirge blicken, zu den Tegernseer Bergen im Osten, dann zu der näher gelegenen Kette zwischen Blomberg und Jochberg, hintereinander gestufte Rücken, teils felsig, teils bewachsen, dazwischen die Benediktenwand als Königin. Im Süden der Einschnitt beim Kochel- und Walchensee, durch den man an klaren Tagen die Arnspitze sehen konnte. Weiter nach Westen, über Herzogstand und Heimgarten hinaus, dann die Zugspitze mit dem schräg liegenden Schneeband, sommers wie winters. Damals, vor zwei Jahren unter dem blühenden Apfelbaum, hatte ich das alles nicht wahrgenommen. Mein Blick hatte sich in der eisigen Kälte des Weltraums verloren. An diesem Abend aber, oben auf dem Balkon, legte sich diese Aussicht wie ein unangreifbarer Friede um mich.

»Hast du Lust zum Reiten?«, fragte mich Else am nächsten Tag beim Frühstück.

Ich zögerte, merkte aber, dass sie darauf brannte, es mir beizubringen. So gingen wir kurz darauf in den Pferdestall.

»Du nimmst den Braunen, der ist lammfromm«, bestimmte Else.

Sie brachte mir bei, wie man die Trense anlegt und sattelt. Dann zeigte sie mir, wie man sich mit dem Pferd vertraut macht, ihm über den Hals streicht und ein Brot- oder Apfelstück auf der flachen Hand hinhält. Der Braune nahm es mir sanft von der Handfläche, danach schnaubte er geräuschvoll, indem er den Atem durch die Nüstern blies. Schließlich drehte er sich mir zu und suchte nach weiteren Leckerbissen an meinen Hosentaschen.

»Schau, er mag dich! Gib ihm noch was«, riet mir Else.

Wir begaben uns erst einmal zur kleinen Reitbahn neben dem Stall. Aufsteigen war kein Problem, denn der Braune war eher ein großes Pony, und er blieb ganz ruhig stehen, als ich mich auf ihn setzte. Bei den ersten Schritten fühlte ich mich unsicher. Es dauerte aber nicht lange, bis ich anfing, das Getragenwerden zu genießen. Ich strahlte.

Nach drei Tagen nahm Else mich mit auf einen kleinen Ausritt.

»Gib acht, er stolpert manchmal, aber er fängt sich immer schnell wieder! Sonst ist er beim Ausreiten genauso brav wie auf der Bahn.«

Else saß auf einem lebhaften, fast schwarzen Panje. Er hatte zu einer Herde von Beutepferden gehört, die kurz vor Kriegsende von der deutschen Wehrmacht hier einquartiert worden war. Nach dem Zusammenbruch hatte sie ihn zugeritten, dann auch versteckt, als die Herde von den Amerikanern abgeholt wurde. Sie fühlte sich als rechtmäßige Besitzerin, da ihre Mutter keinen Pfennig für das Durchfüttern der Pferde erhalten hatte. Sie nannte es Flickflack.

»Wir reiten jetzt ums kleine Viereck«, erklärte sie. »Wenn wir um die Ecke biegen und es wieder bergauf geht, galoppieren wir ein Stück. Keine Angst, der Braune wird von selbst mittun, wenn ich angaloppiere. Einfach die Knie fest dran und mitgehen.«

Den Berg hinunter ging es im Schritt, dann nach Süden auf das Gebirge zu im Trab. Ich hatte gerade das Leichttraben gelernt und war begeistert, wie gut es ging. Das Gebirge lag vor uns in der Frühlingssonne, und ich hatte das Gefühl, dort hineinzufliegen. Dann bogen wir um die besagte Ecke – und Flickflack machte die ersten Galoppsprünge. Der Braune fiel in einen sehr schnellen Trab und wollte dann in den Galopp wechseln, tat dabei aber einen unsicheren Tritt, sodass er mit der rechten Vorderhand einknickte. Ich versuchte mich noch an der Mähne festzuhalten, hatte aber schon das Gleichgewicht verloren, stürzte und lag im Gras des Wegrains.

Else drehte sofort um, sprang erschrocken ab und half mir auf die Beine. Ich konnte alles bewegen, nur die Schulter tat etwas weh. Wieder ein Absturz!, dachte ich im Aufstehen. Wieder die alte Geschichte! Noch etwas benommen ging ich neben Else her und fragte nach dem Braunen.

»Der wird schon wieder im Stall sein«, sagte sie, »der findet allein den Weg.«

Elses Mutter fand, dass ich mich hinlegen sollte, als sie von dem Sturz hörte, und sie begleitete mich auf mein Zimmer. Als ich die Augen schloss, erlebte ich den Schrecken des Falls erneut. Im Halbschlaf sah ich einen Körper stürzen, ohne Halt in einen Abgrund, dessen blauschwarzes Licht ihn aufsog.

Später erschien Else mit dem Mittagessen, aber ich brachte nichts hinunter. Sie machte sich Vorwürfe und sagte, dass sie den Arzt bestellt habe. Ich wehrte ab, aber gleichzeitig genoss ich es, umsorgt zu werden. Meine Mutter kam mir in den Sinn. Wo sie wohl war?

Der Arzt, ein rundgesichtiger älterer Herr mit österreichischem Akzent und einer seltsam weinerlichen Stimme, suchte mich am späten Nachmittag auf, fand aber nichts Bedenkliches. »Etwas Ruhe und nachts einen Umschlag mit essigsaurer Tonerde auf die Schulter«, sagte er. »Glück habens' g'habt, gnädiges Fräulein!« Er verabschiedete sich mit einem flüchtigen Handkuss. »Bald können s' wieder aufsitzen.«

Beim Abendessen wollte ich wissen, wie es Herrn Loeb weiter ergangen sei.

»Nach seiner Abreise hat er sich nicht mehr gemeldet. Er wollte zurück in seine Heimatstadt. Warum fragen Sie?« Frau von Haften sah mich aufmerksam an.

»Ich habe öfter an ihn gedacht, seit ich in dem Gästezimmer wohne. Womöglich hat er dort auch geschlafen?«

»Ja, das stimmt, da war er untergebracht. Ich wüsste auch gern, wie es ihm geht, er war schwer angeschlagen. Kein Wunder nach diesen Erfahrungen. Er hat kaum darüber gesprochen, aber man sah es ihm ja an.«

Plötzlich war Marga da. Ich sah sie deutlich vor mir, das Mädchen Marga vor zwölf Jahren.

»Ich hatte eine Schulfreundin, die 1935 mit ihrer Familie ausgewandert ist, sie war Jüdin. Ich würde auch gern erfahren, wie es ihr geht.«

»Das, was mit den Juden geschah«, sagte Elses Mutter, »war der wichtigste Grund meines Mannes, um gegen das Hitler-Regime zu sein. Er hielt es für ein Verbrechen, Menschen wegen ihrer Zugehörigkeit zu einem Volk oder einer Rasse zu verfolgen und zu ermorden. Dazu kam ja auch die Tötung von Körperbehinderten und Geistesgestörten. Ich habe ihn völlig verstanden und seine Widerstandstätigkeit unterstützt, obwohl ich wusste, wie stark er damit sich und auch uns gefährdete.«

»Auch mein Vater war ein entschiedener Gegner des Regimes, aber er hat mir nie erklärt, warum«, sagte ich nachdenklich.

»Else wusste auch nicht Bescheid. Es war zu gefährlich, und sie ging so gern zu den Jungmädeln. Das konnten und wollten wir nicht verhindern. Ich weiß übrigens um Ihre Vergangenheit, meine Tochter hat mir davon erzählt.«

»Ich kann dich so gut verstehen«, mischte sich Else ein. »Wenn ich so alt wäre wie du, wäre es mir womöglich ähnlich gegangen. Ich bewundere sehr, was du da im Osten alles auf die Beine gestellt und wie du dich eingesetzt hast. Ich selbst hätte das nie geschafft. Wäre der Krieg anders ausgegangen, hättest du sicher einen Orden ...« Else hielt inne, als sei sie über das, was sie eben gesagt hatte, erschrocken.

»Ich habe einmal gehört, warf Frau von Haften ein, »dass es besonders schlimm sei, wenn gut meinende Menschen sich für eine schlechte Sache einzusetzen. Ich denke, da ist was dran.«

»Wieso soll das besonders schlimm sein?« Else blickte ihre Mutter konsterniert an.

»Vielleicht ist damit gemeint, dass es besonders schlimm ist, wenn ganz normale Menschen – Mensch wie du und ich – mit Begeisterung einer Sache dienen, die sich als verbrecherisch herausstellt.« Frau von Haften sprach zögernd, als bewege sie sich auf schwankendem Grund.

»Vielleicht ist ›tragisch‹ der bessere Ausdruck«, fuhr sie fort. »Schrecklich genug, dass es immer wieder geschieht. Aber wer weiß, was ich selbst in eurem Alter getan hätte ...«

Die Offenheit des Gesprächs hatte mir gutgetan. Als ich in die Stadt fuhr, sah ich die Dinge anders und hatte neuen Lebensmut.

Verschiedene Wege

Nicht lange danach meldete sich meine Mutter bei mir. Sie war von der Münchner Staatsoper engagiert worden und hatte von Lisa erfahren, dass auch ich in München sei.

Sie bewohnte zwei Zimmer in einem nur wenig zerstörten Haus in der Prinzregentenstraße, nicht weit vom Prinzregententheater, in dem damals Opern aufgeführt wurden, weil das Münchner Opernhaus am Max-Joseph-Platz zerstört war. Dorthin lud sie mich ein.

Ich war gespannt und etwas ängstlich, wie die Begegnung verlaufen würde, spürte jedoch deutlich, dass ich Abstand gewonnen hatte zu den Dingen, die zwischen uns vorgefallen waren.

Als sie auf mein Klingeln die Tür öffnete, hielt ich ihr meinen Blumenstrauß entgegen. Sie nahm ihn mir freudig aus der Hand, legte ihn aber gleich weg und umarmte mich. Zu meinem Erstaunen tat es mir wohl.

»Dass du das alles überlebt hast!« Sie war tief gerührt, und auch mir stiegen im Gedanken an Eberhard die Tränen in die Augen: Ja, ich hatte überlebt, aber er ...?

»Setz dich erst einmal, und dann erzähl mir bitte, wie es dir ergangen ist.«

Ich berichtete ihr über meinen Osteinsatz und wie es mich bei Kriegsende nach Bayern verschlagen hatte. Dabei merkte ich, dass ich wegen ihres plötzlichen Verschwindens immer noch böse war. Sie aber war hocherfreut, als sie erfuhr, dass ich gut durch diese »lächerliche Entnazifizierung« gekommen war und zur Musik zurückgefunden hatte.

»Stell dir vor, auch mich haben sie – wie recht und billig – als Mitläuferin eingestuft. Aber Hubert ist noch im Lager. Sie wollen ihm den Prozess machen. Einfach schamlos. Er hat doch nur seine Pflicht getan!«

Obwohl ich in manchem dachte wie sie, spürte ich einen Widerwillen in mir. Etwas später sprach sie vom Holocaust.

»Glaubst du denn auch, dass es so viele waren? Ob das überhaupt stimmt, was uns da an Fotos und Filmen als Beweise vorgesetzt wird? Die Leichenberge können doch genauso gut von den Fliegerangriffen in Hamburg oder Dresden sein!«

»Nein«, widersprach ich gereizt, »die Menschen, die durch Fliegerangriffe getötet wurden, sehen anders aus, nicht so ausgemergelt wie die, die im KZ ums Leben kamen! Schau dir doch mal einen der Filme genauer an, da kannst du den Unterschied feststellen!«

Zunehmend wurde mir klar, dass sie nichts eingesehen hatte und auch nichts einsehen wollte. Aber ich vermied einen Streit, denn ich spürte ihre Zuneigung. So wechselte ich das Thema, indem ich sie nach ihrem Engagement fragte.

»Ich bin einerseits glücklich, dass ich wieder in meinem Beruf arbeiten kann. Andererseits macht mir die beständige Sorge um Hubert sehr zu schaffen«, sagte sie.

Anschließend kam sie auf die glänzenden Aufführungen in Bayreuth und ein Zusammentreffen mit Hitler im Jahr 1940 zu sprechen.

»Obwohl ich damals in Bayreuth in keinen tragenden Rollen auftrat, hatte ich doch einmal die Gelegenheit zusammen mit Hubert, Hitler dort zu begegnen. Trotz des Krieges und seiner damit verbundenen Pflichten hatte er sich Zeit genommen, eine Premiere der *Götterdämmerung* zu besuchen. Im Anschluss daran gab er für uns Künstler einen Empfang. Er war bester Laune, drückte uns allen die Hand und machte ein paar sehr treffende Bemerkungen über die Aufführung. Seine blauen Augen strahlten, und als er zusammen mit Winifred Wagner den Raum verließ, waren wir alle in Hochstimmung, wie betrunken von seiner Gegenwart.«

Sie redete dann noch von SS-Kameraden und anderen Freunden von Hubert, mit denen sie sich regelmäßig traf, um Hilfe für

Gesinnungsgenossen und deren Familien, die in Not geraten waren, zu organisieren.

»Es ist so ein wunderbarer Zusammenhalt zwischen uns, ein großer Trost in dieser schweren Zeit.«

Wir trennten uns spät, und als ich durch die leeren Straßen nach Hause ging, fühlte ich mich traurig und leer. Ich merkte, dass mich das, was ich von Hilde von meiner Überwachung durch die Gestapo erfahren hatte, innerlich weit von meiner Mutter entfernte. Trotzdem war ich mir unsicher, ob ich das, woran sie sich mit allen Kräften klammerte, nicht selbst noch suchte: den verlorenen Glauben an das Deutschland der vergangenen zwölf Jahre und den Zusammenhalt derer, die dazugehört hatten.

Eine Faschingsbekanntschaft

Meine Vermieterin, die lebenslustige Gisela, nahm mich im Frühjahr 1948, bald nach dem Treffen mit meiner Mutter, auf eine Faschingsveranstaltung mit. In einem Atelierhaus nahe dem Siegestor trafen sich Studenten und sonstiges junges Volk zu Hillbilly- und anderen uralten Schallplatten, die das Dritte Reich überlebt hatten. Der Hausherr, Manfred Eickemeyer, stand in einem schweren Militärmantel, Filzstiefeln und Pelzmütze vor der Tür, und kassierte das Eintrittsgeld. Es hieß, er sei ein Mitglied der Weißen Rose gewesen, über deren Aktivitäten man damals zu sprechen begann.

In dem Raum, in dem getanzt wurde, waren die Fenster mit Eisblumen bedeckt, die Wände machten einen feuchten Eindruck, und die Luft war – verraucht und verbraucht – zum Schneiden dick. Mir wurde fast schlecht. Gisela und ich setzten uns auf einen der Hocker, die längs der Tanzfläche aufgestellt waren. Gisela wurde aufgefordert, und ich saß längere Zeit allein auf dem Hocker und sah den Paaren zu. Bisher hatte ich kaum jemals getanzt, und wenn, dann nur einige Volkstänze mit den Arbeitsdienst-Maiden. Jazz war verpönt gewesen, er kam ja aus Amerika.

Mit der Zeit wurde ich immer trauriger und war den Tränen nahe. Mit gesenktem Kopf überlegte ich, ob es nicht besser wäre, sofort zu gehen. In diesem Moment fasste mich ein junger Mann bei der Hand.

»Komm!«, sagte er und zog mich hoch. »Komm, wir tanzen!«

Der Mann war mir schon zuvor aufgefallen. Er hatte eine unverkennbare Ähnlichkeit mit Eberhard, aber noch mehr mit dem in Fieberdelirien liegenden Verwundeten im Berliner Lazarett.

»Ich habe das Gefühl, dich zu kennen! Woher, weiß ich aber nicht«, sagte er lachend.

Er legte mir die Hand auf die Hüfte, und ich folgte seinen Bewegungen. Erinnerungen an die Kameradschaftsabende im Lager stiegen in mir auf, bei denen ich zusammen mit Hilde begeistert die Volkstänze angeführt hatte. Ich taute langsam auf und bewegte mich mit immer mehr Freude. Bald tanzten wir offen, immer wilder und schneller. Die Tanzfläche leerte sich, und schließlich waren wir dort allein, während die anderen im Kreis um uns herumstanden, uns zuschauten und klatschten. Ich geriet in Trance. So hätte es ewig weitergehen können! Als die Musik aufhörte, drückte mich mein Tanzpartner heftig an sich und gab mir einen Kuss, und ich lachte ihn an.

Die Ironie dieser Geschichte war mir damals noch nicht klar: Die Szene spielte sich ausgerechnet in dem Haus ab, in dessen Keller im den Jahren 1942 und 1943 der Kopierapparat stand, mit dem die Flugblätter der Weißen Rose hektografiert wurden! Eickemeyer hatte ihn zu diesem Zweck dort aufgestellt, und die Mitglieder der Weißen Rose gingen bei ihm ein und aus.

Wir stellten uns an die Bar, und Fritz, so hieß der junge Mann, bestellte uns einen billigen Rotwein. Während wir tranken, musste ich plötzlich wieder an den im Fieber fantasierenden jungen Soldaten denken.

»Warst du verwundet kurz vor Kriegsende?«, fragte ich.

»Ja, ich lag in Berlin im Lazarett, weil ich eine eiternde Wunde und hohes Fieber hatte. Später wurde ich dann nach Süddeutschland verlegt. Aber es ging mir bald wieder besser, und ich habe noch versucht, zusammen mit Kameraden in den Bergen Widerstand zu leisten. Wir wurden erst mehrere Wochen nach Kriegsende von den Amerikanern gefangen genommen.«

Jetzt war ich mir sicher: »In Berlin habe ich dich gepflegt. Du warst aber selten ansprechbar und hast viel fantasiert.«

»Ach, daher kenne ich dich! Aber was hab ich denn gesagt?« Er schien beunruhigt.

»Es ging immer ums Erschießen, aber ich wurde nicht wirklich schlau daraus.«

Mein Gegenüber schien erleichtert und forderte mich erneut zum Tanzen auf.

Dabei blieb es jedoch nicht. In den nächsten Wochen trafen wir uns fast täglich bei mir, denn sein Zimmer befand sich in einem Keller und war feucht. Nachts liebten wir uns ekstatisch, wenn wir jedoch tagsüber zusammen waren, stritten wir uns häufig. Womit Fritz seinen Unterhalt verdiente, wusste ich nicht. Wohl mit irgendwelchen Gelegenheitsarbeiten oder Schwarzhandel, der damals blühte. Er sprach nicht darüber.

Bald wurde mir klar, dass er der SS angehört haben musste, denn auf seinem linken Arm war seine Blutgruppe eintätowiert. Auf meine Fragen, welchen Rang er gehabt habe und wo er eingesetzt gewesen sei, kamen nur ausweichende Antworten. Auch nachdem ich ihm einiges über meine eigenen Kriegserfahrungen erzählt hatte, blieb er stumm, und ich spürte, dass er über die Zeit des Nationalsozialismus nicht reden wollte. Tief in seinem Innern war er verbittert und verzweifelt, und ich merkte, dass gerade das mich anzog. Aber ich begriff auch, dass ich mich vor dieser Faszination hüten musste, denn sie zog mich zurück in eine Welt, aus der ich mich mühsam zu befreien suchte.

Je besser ich Fritz kennenlernte, desto mehr fiel mir seine Getriebenheit auf. Er kam nie zur Ruhe und benahm sich, als würde man ihn verfolgen. Ich sprach ihn darauf an, aber er wies mich heftig ab. Es war nichts aus ihm herauszubringen.

Eines Tages rief er mich an und sagte, er wolle mich heute Abend zu einem »Kameradschaftsabend« mitnehmen. Er nannte mir eine Adresse und fügte noch hinzu, ich solle in einer Stunde dort sein. Sein befehlender Ton passte mir gar nicht, schon früher war er mir damit auf die Nerven gefallen. Trotzdem ging ich hin.

Das Treffen fand in einem Hinterhaus in Giesing statt, in einem Zimmer voll rauchender Männer. Fritz war noch gar nicht da, und ich wurde etwas misstrauisch begrüßt. Irritiert darüber, dass er mich warten ließ, folgte ich nicht ganz aufmerksam der Unterhaltung. Es ging um Kriegsgeschichten und Lagererfahrungen, um »Siegerjustiz« und die Befürchtung, dass die Juden bald wieder die Oberhand gewännen, »wenn es so weitergeht«. Irgendeiner nannte den Namen von Hubert, dem jetzigen Mann meiner Mutter: »Ist das nicht eine Schweinerei, wie die mit ihm umgehen?«

Manches interessierte mich, aber ich war von dem Ton, in dem hier geredet wurde, abgestoßen. Schließlich tauchte Fritz auf.

»Was soll ich hier?«, fragte ich ihn ärgerlich.

»Warte nur, wir haben einen prominenten Gast heute!«

»Wen denn?«

»Das wirst du bald sehen.«

Wenig später traf dieser Gast ein, eine unscheinbare Frau, ein paar Jahre jünger als ich, mager, mit stahlblauen Augen und aschblonden Zöpfen um den Kopf. Sie wurde mit großem Respekt behandelt, und man fragte sie, wie es ihr gehe.

»Meine Mutter und ich sind in der Heil- und Pflegekolonie Bethel untergekommen«, antwortete sie. »Das ist ein großes Glück für uns nach der langen Zeit im Lager. Mit dem protestantischen Getue kann ich zwar nichts anfangen, aber ich mache dort eine Schneiderlehre.«

Ich rätselte, was es mit dieser Frau, die Gudrun genannt wurde, auf sich haben mochte. Als ich Fritz fragte, sah er mich bedeutungsvoll an: »Sie ist Himmlers Tochter! Wir sind ja dabei, zu überlegen, wie man den in Schwierigkeiten geratenen Kameraden helfen könne. Sie gehört zu uns, hat womöglich Verbindungen und hat zugesagt, uns zu unterstützen.«

Der Kult um diese Frau, die in der Kriegszeit nichts als ein privilegiertes Kind gewesen war, befremdete mich, und ich stellte mir vor, dass sie jetzt unter der Last dieses inzwischen übel beleumdeten Namens leiden müsse, aber davon war nichts zu spüren. Im Gegenteil, sie schien stolz darauf zu sein und die Verehrung, die ihr entgegengebracht wurde, als wohlverdient zu genießen. Ich machte ein paar entsprechende Bemerkungen Fritz gegenüber, aber er ließ nichts auf sie kommen, und sagte: »Ich dachte, du könntest dich auch für diese gute Sache engagieren.«

Dann sprach er länger mit Gudrun Himmler, ohne zu bemerken, dass ich gehen wollte.

Dieser Abend hinterließ Spuren in unserer Beziehung. Der befehlende Ton, in den Fritz immer häufiger verfiel, störte mich mehr und mehr. Aber nachts, wenn wir uns liebten, war unser Glück wieder vollkommen. Und eines Tages merkte ich, dass ich schwanger war. Es überraschte mich nicht. Ich hatte – seltsamerweise – nichts getan, um es zu verhindern. Aber als die Schwangerschaft nun feststand, fühlte ich erst einmal nichts, weder Freude noch Bestürzung. Bei unserem nächsten Zusammensein sagte ich es Fritz, als wir zusammenlagen. Ich spürte, wie sich sein Körper verkrampfte.

»Nein, Eva!«, stieß er hervor. »Nein! Du musst abtreiben.«

Das klang wieder wie ein Befehl. Ich blieb stumm.

Am Tag darauf sprachen wir nicht mehr über das Kind, und nachts liebten wir uns. Heftig stieß er in meinen Schoß, und ich gab mich hin. Als ich aber danach in seinen Armen zu schluchzen begann, drehte er sich wortlos zur Seite.

»Ich möchte das Kind behalten!«, sagte ich.

Seine Augen wurden kalt: »Dann gehe ich!«

Abrupt stand er auf, nahm seinen Mantel und ging. Ich hörte seine Schritte auf der Treppe verhallen.

Dann war ich allein mit Dir, Kind.

Als sie das liest, zuckt Hanna zusammen. Auch das noch! Ist es nicht genug, dass meine Mutter eine Nazifrau war? Deshalb hatte sie zu meinen Fragen geschwiegen, damals, vor meinem Weggehen! In Hannas Kopf jagen sich die Gedanken und Bilder. Das Foto über dem Schreibtisch ihrer Mutter taucht auf: eine glückliche Familie, zu dritt mit Georg.

Sie ist verwirrt. Nie hat ihre Mutter sie mit »Kind« angesprochen! Und Georg ist also nicht ihr Vater! Seltsam, überlegt sie weiter, dass ich nie darüber nachgedacht habe, warum ich den Nachnamen meiner Mutter trage. Das also ist es, was ich unbedingt erfahren sollte! Es geht um keine Verbrechen, in die sie verwickelt war, so wie ich es angenommen hatte. Es geht darum, dass ich nicht Georgs Kind bin, sondern das eines mir völlig unbekannten SSlers! – Plötzlich wird ihr aber auch bewusst, dass sie ihr Dasein in zweifacher Hinsicht ihrer Mutter verdankt, denn sie hatte sich geweigert abzutreiben. Was bedeutet das für sie? Muss sie diesen Mann finden und kennenlernen? Auf einmal hofft sie, dass auch er inzwischen verstorben sei.

Aufgewühlt überlegt sie nun, ob sie mit dem Lesen der Hefte aufhören soll. Aber sie spürt, sie wäre jetzt gar nicht fähig, einzuschlafen, und fährt fort.

Du

In den nächsten Monaten wurde Gisela zu einer guten Freundin. Sie half mir, wo sie konnte. Auch Else erschien an allen Wochenenden, an denen sie heimfahren durfte, mit Billigung ihrer Mutter bei mir. Ich war heilfroh über diesen Beistand, und Deine Geburt wurde zu einem wunderbaren Erlebnis.

Als ich im Kreißsaal lag, fühlte ich mich eingebettet in eine Wolke von Energie. Ich wurde getragen von einem Vorgang, der mit ungeheurer Zielstrebigkeit darauf gerichtet war, Dich das Licht der Welt erblicken zu lassen. Die Wehen kamen und gingen, immer häufiger und heftiger. Die Hebamme meinte zwar lächelnd, ich müsse mich nicht so anstrengen, aber ich konnte nicht anders. Es nahm mich mit, und ich wusste, dass alles gut gehen würde.

Als Du dann auf meinem Bauch lagst, langsam zu atmen begannst und die Augen aufschlugst, war der Raum von einer tiefen Stille erfüllt, wie ich sie noch nie erlebt hatte. Jemand stellte einen dieser blinkenden Stahleimer auf den weiß gekachelten Boden. Das Geräusch, das das Metall auf dem Stein hervorrief, war hell und frisch. Es klang wie eine Glocke. Vor dem Fenster wehten Schneeschauer aus dem frühjahrsgrauen Himmel, zwischen denen die Sonne durchbrach.

Das Gesicht der Hebamme strahlte, als sie mit vor Freude vibrierender Stimme sagte: »Sie haben ein gesundes Mädchen!«

Als Du mir dann zum ersten Mal richtig in die Augen schautest, wusste ich wieder, wozu ich auf der Welt war. Mit Deinem unbändigen Lebenswillen kehrte meiner zurück.

Nun weißt Du endlich, Hanna, dass Georg, den Du als Deinen Vater kanntest, nicht Dein wirklicher Vater ist! Ich hatte mir immer wieder vorgenommen, es Dir zu sagen, wenn Du alt genug sein würdest. Aber als unser Verhältnis während Deiner Pubertät ständig angespannter wurde, dachte ich, das würde unsere Beziehung nur noch verschlechtern und Dich zusätzlich belasten. Als Du dann so plötzlich auszogst, war es zu spät. Seitdem liegt dieses Versäumnis auf mir wie eine zweite Schuld, und ich bin mir nicht sicher, was mich mehr belastet: diese Unterlassung oder meine Jahre im Dienst des Nationalsozialismus.

Lange habe ich mir eingeredet, dass es besser war, Dir die Geschichte von Deinem wahren Vater nicht auch noch aufzubürden. Heute weiß ich, dass Du es tragen musstest, unabhängig davon, ob Du davon wusstest oder nicht. – Wenn ich mich erinnere, mit welchem Vertrauen Du mir als Kind in die Augen geschaut hast!

Du fragst Dich jetzt sicher, wie Georg in mein Leben trat. Er war eine Bekanntschaft aus der Zeit nach Deiner Geburt. Wir lernten uns bei einer Einladung kennen und wurden bald Freunde. Auch er war ein Kriegsheimkehrer und studierte an der Universität Archäologie, aber – wie er mir später anvertraute – nur, weil es von ihm erwartet wurde, denn sein Vater war ein bekannter Professor dieses Fachs. Seine Leidenschaft war die Musik. Er komponierte eigene Lieder, die er zur Gitarre sang. Als er merkte, dass er mit der von ihm gegründeten Band gut verdiente, gab er das Studium auf. Seine selbst komponierten Lieder, die ganz anders waren als die üblichen amerikanischen Schlager, fanden beim Publikum großen Anklang.

Aufgrund einer Verwundung konnte er keine Kinder bekommen, und umso mehr liebte er Dich vom ersten Augenblick an. So waren Deine ersten Lebensjahre eine glückliche Zeit für uns alle. Zwar dachte ich noch manchmal an Fritz, und ich war mir nicht sicher, ob ich nicht sofort mit ihm gehen würde, stünde er in der Tür und sagte: »Komm!« Dann aber wieder war ich wütend auf ihn, und schließlich gelang es mir immer besser, nicht mehr an ihn zu denken. Du wurdest größer und ranntest vor Freude kreischend auf Georg zu, wenn er in unsere Wohnung zurückkehrte.

Auch Georg hatte eine tiefe Bitterkeit in sich. Auch er wollte nicht von der Kriegszeit sprechen, und ich hörte auf, ihn danach zu fragen. Offenbar gab es Dinge, die ihn immer noch verfolgten, denn manchmal wachte ich nachts davon auf, dass er neben mir stöhnte. Dabei biss er die Zähne so stark zusammen, dass es knirschte. Es sah aus, als wolle er schreien, aber es kam kein Ton über die zusammengepressten Lippen. Wenn ich ihn dann weckte, fuhr er erschreckt hoch, wandte sich aber gleich wieder zur Seite, sagte kein Wort und schlief ein. Fragte ich ihn am Morgen, was er geträumt habe, so wusste er nichts mehr davon. Aber wenn er zur Gitarre seine Lieder sang, schien er ein anderer Mensch zu sein, und ich dachte, dass die Musik ihn auf Dauer heilen würde.

Einige Jahre schien es wirklich so, obwohl mir auffiel, dass er, wenn er spätnachts heimkehrte, immer öfter angetrunken war. Tagsüber hielt er sich jedoch zurück, und wenn wir drei zusammen waren, schienen wir weiterhin eine frohe Familie zu sein.

Du weißt selbst, Hanna, was wir durchmachten, als wir die Nachricht erhielten, dass Georg frühmorgens auf der Heimfahrt mit seinem Moped von einem Lastwagen überfahren worden und sofort tot war. Du warst erst fünf, und ich musste alle Kraft darauf verwenden, Dich zu trösten, was mir jedoch half, nicht selbst zu verzweifeln.

In den darauffolgenden Jahren wurde aus dem überschäumend lebendigen Wesen, das Du vor Georgs Tod gewesen bist, ein trauriges und trotziges Kind, das kaum Freunde fand. Auch mir gegenüber wurdest Du immer verschlossener. Ich war oft ratlos, nur Else verstand es, Dich aufzuheitern. Sie besuchte uns oft, denn sie studierte inzwischen Germanistik an der Münchner Universität. Außerdem war sie immer noch meine Geigenschülerin. Mit ihr konntest Du lachen, und sie nahm Dich öfter mit auf den Gutshof, wo Du reiten lernen durftest, obwohl Du noch so klein warst. Aber das brauche ich Dir nicht zu erzählen, das weißt Du selbst. Was Du nicht weißt, ist, dass ich manchmal eifersüchtig auf Else war, wenn ihr beide vergnügt ins Wochenende losgezogen seid. Ich hatte mit ihr ausgemacht, dass sie mit Dir allein fahren sollte, obwohl sie mich auch jedes Mal einlud. Ich hatte gemerkt, dass der Abstand von mir Dir guttat.

Du wurdest älter, und damit zogst Du Dich noch weiter von mir zurück. Als ihr dann im Geschichtsunterricht die Zeit des Nationalsozialismus durchgenommen habt, stelltest Du bohrende Fragen. Ich wich ihnen aus, vor allem deshalb, weil mir die Sache mit Deinem Vater auf der Seele lastete. Ich war aber drauf und dran, es zu Dir zu sagen, als Du Knall auf Fall auszogst und ich keine Gelegenheit mehr dazu hatte.

Deinen Auszug hätte ich natürlich gern verhindert, Du warst ja noch so jung. Aber das machte die Sache nur noch schlimmer, und so kam es, dass Du mir nicht einmal sagtest, wohin Du gehen würdest. Ich war völlig vor den Kopf gestoßen und musste annehmen, dass Du Dich einer der linken Gruppen anschließen würdest, die sich damals zu bilden begannen.

Wie hättest Du, Hanna, Dich verhalten, wenn Du damals schon gewusst hättest, dass auch Dein Vater ein überzeugter Nationalsozialist und darüber hinaus bei der SS gewesen war? Wie hätte ich mich verhalten, wenn ich in diesem Alter gewusst hätte, dass mein Vater im Widerstand aktiv war?

Heft 4

Die dunkle Seite der Göttin (1967–1968)

Aufbruch

Nach Deinem Auszug begann für mich eine Zeit der Einsamkeit und Depression. Ich wusste nicht mehr ein noch aus und suchte verzweifelt nach einem Halt.

Eine meiner Freundinnen gehörte einem Kreis an, der sich an dem Theologen und Philosophen Romano Guardini orientierte. Guardini beschäftigte sich mit einer Erneuerung des Katholizismus. Die Freundin nahm mich zu den Treffen mit, aber ich merkte nach einiger Zeit, dass ich mich dort nicht zugehörig fühlen konnte. Vielleicht muss man doch in diese Religion hineingeboren sein.

Gesundheitlich ging es mir auch nicht gut, und so geriet ich immer tiefer in den mir seit dem Zusammenbruch so gut bekannten Zustand von Verzweiflung. Wieder einmal benötigte ich alle Kraft, um mich nicht in dem Strudel abwärtsziehen zu lassen.

Es war an einem Frühlingstag, als ich auf der Münchner Leopoldstraße an einer Buchhandlung vorbeiging und flüchtig in das Schaufenster sah. Dabei fiel mir das Foto eines Mannes auf, ein zartes Gesicht mit kurz geschorenen, weißen Haaren. Seine leuchtenden Augen trafen mich im Innersten. »Wer ist das?«, fragte ich mich und verstand beim näheren Hinsehen, dass es sich um ein

Foto des südindischen Gurus Ramana Maharshi handelte, dessen Biografie in dem Schaufenster angeboten wurde.

Ich ging hinein und kaufte sie. Zu Hause begann ich sofort zu lesen, und schon bald geriet ich in den Bann dieser Lektüre, während in mir die Überzeugung wuchs, dass es für mich lebensnotwendig sei, diesem Menschen zu begegnen. Etwas später fiel mir ein Buch des Weltreisenden und Anthroposophen Hans-Hasso von Veltheim-Ostrau in die Hände. Es hieß: *Der Atem Indiens*, und ich erfuhr daraus, dass Ramana Maharshi 1950 gestorben war. Es gebe jedoch noch seinen Ashram in Südindien, Anhänger von ihm würden das Meditationszentrum aufrechterhalten.

Es folgte ein weiteres Buch, die *Autobiographie eines Yogi*, das der indische Yoga-Meister Paramahansa Yogananda verfasst hatte. Während ich sie verschlang, wurde mir klar, dass es in Indien offenbar noch andere Menschen gab, die mit Ramana Maharshi vergleichbar waren und womöglich noch lebten. Yogananda selbst hielt sich in Amerika auf, aber einige der von ihm beschriebenen Meister, die er auf einer nicht lange zurückliegenden Reise durch sein Heimatland getroffen hatte, zogen mich mächtig an. Darunter war eine Frau namens Anandamayi Ma. Sie schien eine der bekannten spirituellen Lehrer Indiens zu sein. Es gab jedoch kaum Anhaltspunkte, wo man sie treffen könne, hieß es, denn sie sei immer auf Reisen, aber sie habe mehrere Aschrams über Nordindien verstreut.

1967 reisten noch nicht so viele Deutsche nach Indien. Rajneesh, der in den Siebziger- und Achtzigerjahren als »Bhagwan« so viele Jünger aus dem Westen anzog, war unbekannt, und auch von Sai Baba war noch nicht die Rede. Ich aber war mir sicher, dass ich möglichst bald nach Indien wollte, und sammelte weiter Informationen über das Land. Da ich erfuhr, dass man mit Englisch dort fast überall durchkam, belegte ich einen Sprachkurs. Außerdem musste ich mir zusätzliches Geld verdienen, um eine solche Reise finanzieren zu können. Ich besorgte mir die Erlaubnis, auf der Kaufingerstraße eine Crêpes-Bude aufzustellen, um abends und an Feiertagen französische Eierkuchen verkaufen zu können. Ein Bekannter hatte mir erzählt, dass man damit erstaunlich gut verdienen könne, und so war es auch.

Es dauerte nur ein halbes Jahr, bis ich die Summe für die Überfahrt und mehrere Monate Aufenthalt zusammenhatte, denn das Leben dort sei – so ließ ich mir sagen – für unsere Begriffe erstaunlich billig.

Die Haltung meiner Freundinnen zu meinem Vorhaben fiel unterschiedlich aus. Else, inzwischen als Gymnasiallehrerin für Deutsch und Musik tätig, war fasziniert und wollte am liebsten gleich mitreisen. Gisela reagierte skeptisch. Sie gab mir kommentarlos das Foto eines indischen Tempels, dessen Stirnwand ein Hakenkreuz schmückte. Ich verstand sofort, was sie mir sagen wollte, bemerkte aber, dass die Querbalken andersherum zeigten. Gisela dachte mit Sicherheit: Nun hat sie wieder ein neues Leitbild und eine Weltanschauung, zu der sie sich bekennen kann.

Ende Dezember 1967 bestieg ich ein Schiff in Richtung Indien. An Bord unterhielt ich mich viel mit den Passagieren, darunter auch mit einem graubärtigen Mann. Ich hatte ihn häufig stundenlang an der Reling stehen und auf das Meer hinausschauen sehen. Er trug ein kaftanartiges Gewand aus ockerfarbenem leichtem Wollstoff, und um die Schultern einen großen weißen Schal. Eines Tages gelang es mir, ein Gespräch mit ihm anzufangen, und zu meiner Überraschung erfuhr ich, dass er schon lange in dem von Ramana Maharshi gegründeten Ashram Tiruvannamalai lebte.

»Es ist ein wunderbarer Ort, und Westler sind bei uns willkommen«, sagte er, als ich ihm vom Zweck meiner Reise erzählte.

In den folgenden Tagen traf ich ihn immer wieder an der Reling, und einmal berichtete er mir über die letzten Lebensstunden des Maharshi: »Von 1949 an, als der Krebs an seinem Arm entdeckt worden war, ist er schwächer und schwächer, aber gleichzeitig auch immer durchscheinender und heller geworden. In seinen letzten Stunden waren wir alle bei ihm. Er saß, abgemagert und schief wie er war, auf seinem Ruhebett; die von Rheumatismus geschwollenen Beine lagen vor ihm, wie ohne Leben. Wenn er zu uns herschaute, war es, als sei sein Blick durch uns hindurch auf etwas gerichtet, das wir nicht wahrnahmen, in das wir uns aber mit ihm aufgehoben fühlten. Um seinen Kopf schwebte ein Lichtschein. – Diese Stunden werde ich nie vergessen.«

»Erstaunlich, dass solche Menschen so leiden müssen«, sagte ich nachdenklich.

»Das habe ich mich auch oft gefragt. Die Inder glauben, dass solche Menschen das Karma anderer auf sich nehmen. Das sagt mir nur bedingt etwas, obwohl diese Anschauung der christlichen Vorstellung vom stellvertretenden Leiden Christi gleicht. Ich lasse das offen. Aber Ramanas Tod miterleben zu dürfen, das war für mich – so paradox es klingen mag – das größte Geschenk meines Lebens.«

Er lächelte mich fragend an, ungewiss, ob ich ihn verstanden hatte. Ich nickte zögernd, ebenfalls unsicher, ob dies wirklich der Fall war.

»Das sind Dinge«, fuhr er fort, »die man mit Worten nur unvollkommen vermitteln kann. Womöglich werden Sie das genauso empfinden, wenn Sie wieder in Deutschland sind und von Ihren Erfahrungen berichten wollen.«

Ich entschloss mich, Vidyanand – so nannte sich mein, aus Frankreich stammender Gesprächspartner – nach Südindien zu begleiten. Dass das ein guter Entschluss war, merkte ich schon am ersten Abend in Bombay, als es um eine Übernachtungsmöglichkeit ging. Genau wie ich konnte sich Vidyanand kein teureres Hotel leisten, und so mieteten wir uns in einem kleinen, aber sauberen Brahmin-Hotel ein, das er kannte. Hier konnte ich gleich das

Essen mit der Hand, und das auf dem Boden sitzend, kennenlernen. Gewöhnungsbedürftig waren auch die übervollen Straßen in den alten Teilen Bombays, wo mich rote Flecken auf dem Pflaster erschreckten. Ich bemerkte, dass Leute dort hingespuckt hatten, und dachte, sie spuckten Blut. Von meinem Reisegefährten erfuhr ich, dass es die Spuren von Betel-Kauern waren.

Tiruvannamalai

Niemals wäre es mir ohne Vidyanand gelungen, mir den richtigen Fahrschein für den richtigen Zug zu ergattern. Er wusste den Schalter, an den man in diesem chaotischen Bahnhof ging, um nicht allzu lange warten zu müssen. Ich hatte auch keine Ahnung, dass man für indische Zugfahrten ein *bedding* brauchte. Das ist eine dünne, in eine Segeltuchtasche eingerollte Matratze, die man auf seine Liege im Schlafwagen breitet. Reisen in Indien sind für unsere Begriffe meist sehr lang, aber die noch von den englischen Kolonialherren stammende Indian Railway war erstaunlich zuverlässig.

Wir fuhren gen Süden, nach Madras, und stiegen dann in den Bummelzug nach Tiruvannamalai. Von dort ging es weiter auf einem Ochsenkarren, der uns in einer holprigen Fahrt durch eine vom Vollmond verzauberte Landschaft zum Ashram fuhr.

Es war spät, als wir ankamen, aber Vidyanand brachte mich problemlos im Gästehaus unter. Als ich mich auf meinem Lager ausstreckte und in die tiefe ländliche Stille horchte, durchdrang mich ein mir bisher unbekannter Friede. Auf seltsame Weise fühlte ich mich in diesem fremden Land zu Hause.

Im Morgengrauen bestiegen wir den Berg Arunachala und besuchten die Höhle, in der der Maharshi jahrelang gelebt und Stillschweigen bewahrt hatte, sowie den kleinen, etwas darüber liegenden Skandaschram. Von dort aus hatte man einen Blick auf den Arunachaleshwara-Tempel, in dem er als Jüngling lange Zeit in Samdhi, einem Zustand tiefer Versenkung, gesessen hatte. Eines Tages nahm sich einer der Mönche des Tempels seines leiblichen Wohls an und brachte ihn aus dem unterirdischen Schrein, in dem er saß, herauf ans Tageslicht. Nachdem Ramana wieder aus diesem Zustand erwacht war, zog er in eine Höhle, die sich auf halber Höhe des Berges befand. Erst als viele Pilger dort hinaufstiegen, um ihn zu sehen, zog er in den Skandashram, der sich nicht weit oberhalb befand, und wohnte hier mit seiner Mutter. Als sie starb und am Fuße des Berges begraben wurde, entstand dort ein neuer Ashram, in dem er dann blieb und Menschen aus vielen Ländern anzog. An diesem Ort ist auch er begraben.

Am Tag nach dem Besuch in der Höhle saß ich in der Halle, in der der Ramana seine Schüler empfangen hatte. Die Liege, auf der er sich auszustrecken pflegte, stand noch dort, geschmückt mit einem Kranz frischer Blüten. Ganz deutlich spürte man hier seine Anwesenheit, und eine unergründliche Stille überfiel mich, in der ich die Zeit vergaß.

Am späteren Nachmittag sprach mich ein Engländer namens John an, der ebenfalls im Gästehaus untergebracht war. Er hatte die bleiche Hautfarbe des schon lange in Indien lebenden Europäers und trug den Dhoti, das Beinkleid der südindischen Männer, wie ein Einheimischer. Er lud mich ein, zu einem Pradakshina mitzukommen, einem in diesem Fall vierstündigen Pilgerweg, der im Uhrzeigersinn den Arunachala umkreiste.

Wir brachen gegen fünf Uhr nachmittags auf. Es war wolkig und dadurch angenehm zu gehen. John erzählte, dass vor einigen Jahren der Weg noch durch einen Dschungel geführt habe. Jetzt standen nur noch ein paar riesige Bäume, darunter auch Palmen. Hin und wieder tauchten kleine Tempel auf. Meist lag ein mit Treppenstufen umgebener Teich davor, und in den Bäumen sprangen Affen hin und her. John erzählte, dass eine Deutsche, die einige Zeit lang im Ashram des Maharshi gewohnt hatte, in eines der kleinen Bauwerke gezogen sei, um dort in völliger Einsamkeit zu leben.

Kakteen, die zu kleinen Bäumen geworden waren, wuchsen in staubtrockener Erde, über und über mit Blüten bedeckt. Der Berg zeigte sich hier viel wilder, als ich es vom Ashram aus vermutet hatte. Kahl und steinig, rosa- und ockerfarben lag er im Abendlicht da. Die Sonne versank am Horizont, darüber mächtige, graue Wolken, und zugleich zeigte sich im Osten der Vollmond. Von dieser Seite aus glich der Berg einer vollkommen symmetrischen, flach aufsteigenden Pyramide, später sah man, dass er vier kleinere Gipfel besaß.

Je mehr die Nacht überhandnahm, desto stärker schien es, dass dort oben – nur dem inneren Auge sichtbar – ein Feuer lohte. Es ging die Sage, dass hier, an einem unzugänglichen Ort, der Gott Shiva unter einem Banyan-Baum in seiner Verkörperung als Weltenlehrer throne. Der Maharshi soll eines Tages, so erzählte John, als er den Berg wieder einmal erkundete, in einem Bachbett ein großes Banyan-Blatt gefunden haben. Als er höherstieg und den dazugehörigen Baum schon erkennen konnte, trat er aus Versehen in ein Hornissennest und wurde ins Bein gestochen. Er nahm das als Warnung und kehrte um. Einer Expedition von Europäern, die später die Stelle finden wollten, riet er dringend von der Unternehmung ab. Tatsächlich gerieten sie in große Schwierigkeiten und fanden nur mit Mühe wieder zurück in den Ashram.

Am Ende des Rundgangs taten wir noch einen Blick in den Tempel, in dem Ramana gesessen hatte, bis er in die Höhle zog. Nach unserer Rückkehr aßen wir noch etwas zusammen und kamen dabei ins Gespräch. Er erkundigte sich nach dem Zweck meiner Reise und nach meinen Eindrücken hier im Ashram. Als ich meine Begeisterung über den Ort, aber auch gleichzeitig mein

Bedauern äußerte, dass der Maharshi nicht mehr am Leben sei, nannte er mir den Namen einer Frau in Nordindien. »Sie heißt Anandamayi Ma, und ihr Haupt-Ashram ist am Bhadaini-Ghat in Benares.« Sofort war mir klar, dass das die Frau sein müsse, die in Yoganandas Autobiografie beschrieben war. Ich war zwar verwundert, dass meine Suche mich zu einer Frau führen sollte, die »Mutter« genannt wurde. Aber ich war von dieser Nachricht so elektrisiert, dass ich gleich am nächsten Tag in Richtung Norden aufbrach, obwohl ich mich nur ein paar Tage in Tiruvannamalai aufgehalten hatte.

Anandamayi Ma

Am frühen Morgen traf ich in Benares ein, und es war gut, dass ich an das Chaos indischer Bahnhöfe inzwischen gewöhnt war. Ein ganzer Schwarm Riksha-Wallas, wie die Fahrer von Fahrradtaxis genannt werden, umringte mich, jeder wollte mich mitnehmen.

»*Memsahib, riksha?*«, tönte es aus allen Richtungen. Schließlich wählte ich einen jungen, vertrauenerweckend aussehenden Mann aus: »*Anandamayi Ashram, Bhadaini?*«

Er wackelte zustimmend mit dem Kopf, wie es Inder tun, wenn sie »Ja« sagen wollen. Er schien zu wissen, wohin ich wollte.

»*Kitne paisa?* Wie viel macht das?«, fragte ich, denn inzwischen hatte ich ein paar Worte Hindi gelernt.

»*Panch rupai*«, gab er zur Antwort, fünf Rupien.

Das erschien mir angemessen, und schnell packte er mein *bedding* und hob es auf sein Gefährt. Der Preis schien aber zu hoch zu sein, denn die anderen Rikshafahrer unterboten ihn sofort um einiges, doch ich wollte los und erklärte mich einverstanden. Der junge Mann trat eifrig in die Pedale, und bald zwängten wir uns durch die engen Gassen der Altstadt.

Als er kurz anhielt, um eine kleine Prozession mit einem in Weiß gekleideten Toten, der offen auf einer Bahre lag, vorbeizulassen, wandte er sich nach mir um und sagte mit ernster Miene: »*Anandamayi Ma very great!*« – Er kannte sie offenbar.

Später beobachtete ich, wie er mir, nachdem ich abgestiegen war und ihn bezahlt hatte, schüchtern durch das Tor des Ashrams nachging und sich einige Zeit dort aufhielt.

Es ging auf Mittag zu, und der Hof, dessen eine Seite sich zum Ganges hin öffnete, war leer. Ich setzte mich auf mein Gepäck und wartete darauf, dass sich eine Menschenseele zeigte. Endlich trat eine junge Inderin mit geschorenen Haaren und in einem schlichten weißen Baumwollsari auf mich zu. In einem holprigen Englisch fragte sie abweisend, was ich denn hier wolle.

»*Anandamayi Ma? Can I see her?*«

»*She is not here*«, sagte mein Gegenüber und verschwand mit einem hastigen »*One moment!*«.

Wieder wartete ich. Schließlich trat eine europäisch aussehende Frau mit grau meliertem Kurzhaar und großen dunklen Augen aus dem Haus. Sie trug einen in dem Orangeton der Saddhus eingefärbten Baumwollsari und war ungefähr sechzig Jahre alt.

»*My name is Atmananda. What do you want?*«, fragte sie freundlich.

Als sie erfuhr, dass ich aus Deutschland sei und Anandamayi sehen wolle, meinte sie: »Ach, dann könnten wir ja Deutsch sprechen.« Sie lächelte scheu: »Aber ich habe es fast verlernt in all den Jahren.«

Kurz horchte ich auf, aber ich unterließ es zu fragen. Vielleicht würde sich später eine Gelegenheit dazu ergeben

Atmananda führte mich im Ashram herum, der in der Nähe eines Ghats lag, jener Treppen, die der rituellen Waschung am Ganges dienten. Man sah weit hinüber zum anderen Ufer des ockerfarben dahinströmenden Flusses, auf dem, wie auf einem riesigen See, kleine Boote und Segelschiffe kreuzten. Die träge Strömung führte allerlei Treibholz und Müll mit sich.

Wir standen einige Zeit in der flirrenden Nachmittagshitze an der Brüstung des Ghats. Plötzlich glaubte ich, einen halb verkohlten Totenschädel zu sehen, und fragte meine Begleiterin, ob das sein könne.

»Ja sicher, das Ghat, an dem die Toten verbrannt werden, liegt nicht weit oberhalb des Ashrams. Arme Familien haben oft nicht das Geld, um genügend Holz zur Verbrennung ihrer Toten zu kaufen. Dann bleibt eben manches übrig, vor allem größere Knochen.«

Ich hatte im Krieg viel Grausiges gesehen, aber diese Art des offenen Umgangs mit dem Tod machte mich betroffen. Ich dachte an die Trauerprozession mit dem unbedeckt daliegenden Leichnam, an der ich kurz zuvor vorbeigefahren war.

Atmananda sah mich prüfend von der Seite an: »Ja, dies ist ein anderes Land.«

Ich nickte. »Vielleicht ist es besser, die Toten zu zeigen, als sie zu verstecken, wie das bei uns üblich ist.«

Sie führte mich noch durch die Gebäude des Ashrams, und ich war verwundert, wie viele Fotos dieser zugegebenermaßen wunderschönen Frau hier an den Wänden hingen. War sie so eitel, dass ihre Anhänger sie ständig vor Augen haben sollten?

Atmananda nannte mir dann ein preiswertes Hotel ganz in der Nähe, wo ich übernachten könne. Ma sei im Moment in Delhi, erklärte sie, und es sei ungewiss, wohin sie danach führe. Ich könne mich ja im Hotel einrichten und zur Abendmeditation wiederkommen.

Bei dieser Abendmeditation versammelten sich alle ständigen Bewohner des Ashrams. Sie nahmen vor dem kleinen Krischna-Tempel Platz, eine Glocke wurde angeschlagen und die Anwesenden versanken in Schweigen. Ich wurde innerlich völlig ruhig und hatte das Gefühl, am rechten Ort zu sein.

»Wollen Sie nicht noch etwas bleiben?«, fragte Atmananda, als die Meditation vorüber war.

Wir setzten uns auf eine Steinbank mit Blick auf den nächtlichen, kaum hörbar dahinströmenden Fluss. In der Ferne sah man ein paar schwache Lichter, wohl von Fischern.

»Wie kommt es, dass Sie hier leben?«, fragte ich sie nach längerem Schweigen.

»Ich wurde als Kind jüdischer Eltern in Wien geboren«, antwortete Atmananda zögernd, »und nach der Schule habe ich Klavier studiert. Damals hatte ich mit der Theosophischen Gesellschaft Berührung, und Krishnamurti war der aufsteigende Stern dieser Bewegung. Als ich ihn kennenlernte, war ich so stark von seiner charismatischen Persönlichkeit angezogen, dass ich ihn als meinen spirituellen Lehrer betrachtete. Er aber wandte sich gegen die in der Theosophischen Gesellschaft bis dahin gültige Ansicht, dass geistiger Fortschritt nur unter der Leitung eines Lehrers möglich sei. Dagegen vertrat er die Meinung, dass jeder seinen eigenen ›inneren Guru‹ finden müsse. Weil ihn jedoch viele als ihren Lehrer betrachteten, war dies ein Paradox, durch das ich wie auch viele andere in große innere Schwierigkeiten geriet. Ich versuchte seiner Lehre gemäß zu leben, blieb aber gerade dadurch innerlich stark an ihn gebunden, und er stieß mich immer wieder zurück. Im Jahr 1936 fragte er mich eines Tages, ob ich den Englischunterricht in einer von ihm neu gegründeten Schule in Benares übernehmen wolle. Dieses Angebot nahm ich sofort an, und dadurch entkam ich der in Österreich bald darauf einsetzenden Judenverfolgung durch die Nazis, der mein Vater und andere Verwandte zum Opfer fielen.«

Ihre Worte trafen mich wie ein Keulenschlag. Ich sah sie erschrocken an, dann sagte ich, ohne lange zu überlegen: »Ich war einmal eine überzeugte Nationalsozialistin!«

Sie blickte mir offen ins Gesicht und blieb ruhig, während sie fortfuhr: »Ich habe eigene Ansichten über Hitler, denn ich habe viel über ihn meditiert, vor allem, weil ich vermutete, dass mein Vater in einem Konzentrationslager ermordet worden war. Hitler scheint für die Deutschen eine Art Guru gewesen zu sein, nicht umsonst nannte man ihn ›mein Führer‹. Sein Gott war die Rasse. Ich bin der Ansicht, dass die westliche Kultur die Welt von einem materialistischen statt von einem spirituellen Standpunkt aus betrachtet. Hitler war ein Ausdruck davon, und deshalb hatte es auch keinen Sinn, ihn töten zu wollen. Aber er hat sich selbst getötet, und der Krieg endete in einer Katastrophe. Es bleibt die Frage, was für eine Wirkung das auf die Dauer hat. Übrigens können Sie hier Menschen begegnen, die Hitler immer noch für einen großen Mann halten und die der Meinung sind, dass ohne ihn Indien nicht frei geworden wäre. Womöglich stimmt das auch. Denn wenn die Engländer nicht durch Hitlers Krieg gebunden gewesen wären, hätte Indien wohl nicht schon 1947 die Unabhängigkeit erlangt.«

Ich war irritiert. Bisher war ich davon ausgegangen, dass Europa mit seinen Kriegen in Indien weit entfernt und meine Vergangenheit damit nicht existent wäre. Nun hatte sie mich wieder eingeholt. Aber vielleicht war genau das eine Chance, mit ihr ins Reine zu kommen? Während der Zeit des Nationalsozialismus hatte ich mich nie wirklich mit religiösen Fragen beschäftigt, weil ich glaubte, erst nach dem Krieg dafür Zeit zu haben. Der Dienst an Deutschland schien mir genug und nahm mich ganz in Anspruch. Atmananda hatte recht: Hitler war auch für mich so etwas wie ein Guru gewesen, der den Dienst am Vaterland als oberstes Gebot predigte. Ihm hatte ich vertraut und gehorcht.

Atmananda sah mich ernst an, offenbar ahnte sie, was in mir vorging. »Sprechen Sie mit Anandamayi Ma darüber«, meinte sie. »Sie wird wohl in ein paar Tagen in Dehradun sein. Wenn Sie dorthin fahren, können Sie ihr in Ruhe sagen, was Sie bedrückt. Ich fahre auch hin. Sie könnten mitkommen.«

Die unmittelbare Aussicht, Anandamayi Ma sehen und sprechen zu können, versetzte mich in einen Zustand von freudiger Erwartung und Unruhe zugleich, und bald danach trat ich mit Atmananda die anderthalb Tage lange Zugreise nach Dehradun an.

Ich war erstaunt, dass sie nicht nur ihr *bedding*, in das man die Kleider einrollen konnte, sondern auch eine Kiste bei sich hatte, in der sie ihr Essgeschirr aus Messing, Kochtöpfe und einen Kocher mit sich führte. Als ich meine Verwunderung zum Ausdruck brachte, erklärte sie mir, dass sie als Sannyasin Reinheitsregeln zu beachten habe, und wenn sie keine Gäste betreuen müsse, koche sie für sich selbst. Ma habe ihr das vorgeschrieben, denn jeder, der es mit seiner Sadhana, den spirituellen Übungen, ernst nehme, müsse sich vor zu viel äußeren Einflüssen hüten. Aus diesem Grund solle sie auch an einem Tag der Woche schweigen. Zu vieles Reden zerstreue den Geist.

Ich nahm das als einen Hinweis und unterließ es lange Zeit, sie anzusprechen, obwohl ich viele Fragen hatte. Stattdessen betrachtete ich die Mitreisenden, ein buntes Volk verschiedenster Herkunft, und blickte hinaus in die weite Landschaft. Die Reise ging durch eine fruchtbare Ebene mit smaragdgrünen Feldern. Es war Frühjahr, und überall sprossen die Pflanzen. Gegen Abend kamen wir den Bergen näher, und das Gelände stieg ganz allmählich, aber stetig an. Die Bäume wurden dichter, bis man durch eine Art Dschungel fuhr. Weiter aufwärts standen kleine Bäumchen auf einem trockenen, ockerfarbenen Boden, die blaue Blüten und glänzende, große Blätter trugen. Die Hügel im Norden, Vorboten des

Himalaja, lagen dunstig vor dem goldgelben Himmel. Dann ging der Blick wieder über sattgrüne Felder.

Atmananda las und schrieb. Sie hatte mir erzählt, dass sie mit der Herausgabe der auf Englisch und Hindi erscheinenden Zeitschrift *Anand Varta* betraut sei, die der Ashram herausgab. In ihr wurden vor allem Gespräche von Ma mit Ratsuchenden veröffentlicht. Sie gab mir eines dieser Hefte, und ich versuchte darin zu lesen, aber es war mir nicht möglich. Immer wieder beschlich mich das ungute und schwer zu beschreibende Gefühl, dass es sich bei diesen Aufzeichnungen um Übersetzungen ins Englische handelte und dass man beim Lesen das Wesentliche womöglich nicht erfasste. Ich wusste von Atmananda, dass Ma nur Hindi oder Bengali sprach, und dass auch bei einer persönlichen Fragestunde stets übersetzt werden musste, wenn man diese Sprachen nicht konnte. Wie sollte das gehen?

Je mehr sich der Zug den Bergen näherte, desto unruhiger wurde ich. In Dehradun mussten wir mit all unserem Gepäck in Rikschas umsteigen, und gegen Abend erreichten wir schließlich den Ashram, kurz vor der Schweige-Viertelstunde. Atmananda sagte, sie werde mich im Office anmelden, ich solle mich zu den um Ma Versammelten gesellen. Das Herz schlug mir bis zum Hals, als ich den Raum betrat und mich ganz hinten niederließ. Ma saß etwas erhöht im Schneidersitz auf ihrer Ruhebank, sie trug einen schneeweißen Sari, ihre langen schwarzen Haaren fielen offen über die Schultern. Unwillkürlich blieb mein Blick an ihr hängen, und ich konnte und wollte ihn bald auch nicht mehr von ihr abwenden.

Ich war beeindruckt, wie präsent und zugewandt sie gegenüber der vor ihr sitzenden Frau wirkte, die ihr offenbar ihre Probleme klagte. Man hatte mir von Mas häufigen Samadhi-Zuständen erzählt, und ich konnte das nicht mit dem, was ich jetzt sah, zusammenbringen. In Kürze war ich völlig fasziniert von dem

Schauspiel dieses Gesprächs, in dem sie mit ihrer Aufmerksamkeit ganz bei dieser Frau zu sein schien. Wenn sie aber einen Moment aufsah, zeichnete sich in ihrem Blick eine große Distanz ab zu allem, was sie umgab. Sie lebte – so kam es mir vor – gleichzeitig in zwei Welten: in einer, die sie mit uns teilte, und in einer anderen, die wir vielleicht ahnten, aber nicht wirklich kannten.

Als die Glocke zur Schweige-Viertelstunde ertönte, sank augenblicklich eine dichte Stille über alle Anwesenden. Ma richtete sich auf und verharrte reglos. Als ich die Augen schloss, schoss es mir erneut durch den Kopf: Das ist es! Das hast du gesucht!

Dieses Gefühl trug mich durch die nächsten Tage, in denen ich mich an die Bedingungen des Ashrams gewöhnen musste. Zum Beispiel an die Tatsache, dass ich nicht mit den indischen Ashram-Bewohnern aß, sondern man mir mit Atmananda in ihrem Zimmer das Essen servierte. Sie hatte mich ja schon früher über die Essensregeln von Sannyasins aufgeklärt, nun erfuhr ich von ihr, dass auch das gemeinsame Essen mit Menschen, die diese Regeln nicht einhielten, *dshuta,* das heißt unrein, sei.

»Trotzdem wundere ich mich«, erklärte mir Atmananda, »warum Inder, von denen ich sicher bin, dass sie diese Regeln keineswegs befolgen, nicht vom gemeinsamen Essen ausgeschlossen werden. Aber sogar ich werde öfter zu Veranstaltungen im Ashram nicht zugelassen, obwohl ich schon über dreißig Jahre streng nach den Reinheitsregeln lebe. Ich habe mich deswegen bei Ma beschwert, aber sie hat mir erklärt, dass ein als Hindu geborener Mensch, selbst wenn er sich nicht mehr an diese Regeln hält, trotzdem aufgrund seiner Abstammung rein sei. Ich jedoch, weil ich aus einer anderen Tradition stamme, nicht. Deshalb müsse sie von mir verlangen, diese Trennungen zu akzeptieren. Diese Logik habe ich zwar nicht wirklich verstanden, aber mich schließlich damit abgefunden. Ma selbst hält sich allerdings im Umgang mit mir nicht an diese Vorschriften und bezieht mich ausdrücklich mit ein. Zum Beispiel ordnet sie manchmal an, dass ich mit den anderen Frauen des Ashrams im selben Abteil reisen soll. Andererseits will Ma, dass die Entscheidungen der Ashram-Verwaltung respektiert würden, und daran habe ich mich gewöhnt, obwohl es mich auch heute noch manchmal hart trifft.«

Ich wohnte in einem Zimmer in der Nähe von Atmanandas Behausung, und lernte dadurch eine ebenfalls aus Deutschland stammende Frau kennen, die in einer dem Ashram gehörenden Meditationshütte lebte. Atmananda sagte, Ma hätte Sukria – so war ihr indischer Name – erlaubt, dort einzuziehen, weil sie nur meditieren wolle. Aber nach einiger Zeit habe sie das ausschließliche Meditieren aufgegeben und habe – ohne es Ma zu sagen – angefangen, Leprakranke zu pflegen. Als ich Sukria besuchte, war sie erfreut über meinen Besuch, sagte mir aber, dass sie am Ausziehen sei. Die Ashram-Verwaltung habe ihr eine Frist von zwei Tagen gesetzt, in der sie die Hütte räumen müsse.

»Ich kann mir nicht vorstellen, dass Ma das wirklich will. Ihre Anweisungen sind ja immer ein Spiegel ihrer Umgebung. Und der Ashram-Verwaltung hat das schon lange nicht gepasst, dass ich hier als Nicht-Hindu wohnen durfte. Ich habe aber einen inneren Ruf bekommen, der mir sagte, ich solle Liebe praktizieren, statt mich ausschließlich meiner eigenen Erleuchtung zu widmen. Da habe ich angefangen, mich in der nahe gelegenen Leprakolonie umzuschauen, um herauszubekommen, was dort zu tun ist. Natürlich habe ich mich mit den nötigen Hygieneregeln bekannt gemacht und halte mich auch strikt an sie. Ich gefährde sicher niemanden damit.«

Auch ich wunderte mich über die Reaktion des Ashrams. Wie konnte es sein, dass ein Mensch, der Kranke pflegen wollte, deswegen aus einer religiösen Gemeinschaft ausgeschlossen wird? In jeder christlichen Gemeinschaft wäre sie dafür bewundert und in ihrem Tun bestätigt worden. Zugleich machte es mich stutzig, dass Sukria darüber nicht mit Ma gesprochen hatte, die sie doch als ihren Guru betrachtete. Ich begann zu ahnen, wie schwierig es sein musste, sich als Europäer in diese fremde Kultur einzufügen. Atmanandas Erfahrungen gingen ja in eine ähnliche Richtung, obwohl sie so darauf bedacht war, alle Regeln zu achten und Anandamayi Ma bedingungslos zu gehorchen.

Diese Überlegungen traten jedoch in Mas Anwesenheit völlig in den Hintergrund. Ich wurde mir immer sicherer, dass ich gefunden hatte, was ich suchte.

Aber was war das eigentlich?

Es ist sehr schwierig, das in Worte zu fassen, Hanna. Ich kann nur sagen, dass in ihrer Gegenwart die Frage nach dem Sinn des Lebens, an dem ich in der letzten Zeit immer wieder gezweifelt hatte, verstummte. Sie wurde sinnlos, einfach falsch gestellt.

Wie soll ich Dir schildern, was das Überzeugende an dieser Frau war? Als Erstes fällt mir ein, dass ich bei ihr immer wieder den Eindruck hatte, einem Menschen ohne Ego gegenüberzustehen. Aber diese Beschreibung ist vieldeutig und vage. Ich habe sie als genauso liebevoll zugewandt wie völlig unpersönlich erlebt, und zwar im gleichen Augenblick oder zumindest kurz hintereinander. Der englische Ausdruck *detached* passt vielleicht am besten, beinhaltet er doch, dass jemand völlig unabhängig von der Zuwendung oder Zustimmung anderer ist. Seltsam war auch, dass man Ma zeitweise füttern musste, um sie am Leben zu erhalten, weil sie von allein nichts aß. Dies kann man auch als Ausdruck ihres völligen *detachments* ihrem Körper und damit dem irdischen Dasein gegenüber sehen. In den Schriften über sie wird häufig erwähnt, dass sie auf die Frage: »Wer bist du?« geantwortet habe: »Immer die Gleiche. Als ich geboren wurde, war ich die Gleiche, und ich bin auch jetzt immer die Gleiche.« Öfter sagte sie auch: »Ich bin das, was du in mir siehst.« Oder: »Ich bin deine kleine Tochter.«

Man sollte denken, dass die Gegenwart eines solchen Menschen tief beglückend ist. Das ist es auch, und viele fühlten sich von der Helligkeit und Ruhe, die um sie war, wie magisch angezogen. Aber wenn ihre unpersönliche Seite in den Vordergrund trat, habe ich dies zeitweise als schwer zu ertragen erlebt. Sogar wenn sie sich jemandem vollständig zugewandt hatte, konnte sie im nächsten Augenblick den Eindruck vermitteln, als wäre diese Person für sie nicht mehr vorhanden. Dies erschreckte mich einerseits, zog mich andererseits aber auch unwiderstehlich an.

Während Hanna das liest, gerät sie in immer größere Verwunderung. Das hätte ich ihr niemals zugetraut, diesen Aufbruch in eine völlig fremde Welt, denkt sie. Wie stolz bin ich damals gewesen, als ich es mit sechzehn geschafft hatte, von ihr wegzugehen und ein selbstständiges Leben zu führen, genauso wie ich es für richtig hielt. Ist aber das, was sie getan hat, nicht viel erstaunlicher? Und dass sie dann ausgerechnet dieser Jüdin begegnet ist!
Hanna bemerkt, dass sich ihr Blick auf ihre Mutter langsam verändert, und fährt gespannt in der Lektüre fort.

Bisher habe ich nicht erwähnt, dass ich in Benares mehrere Tempel besuchte und mich danach mit hinduistischer Mythologie beschäftigte. An diesen Gottheiten hat mir besonders eingeleuchtet, dass sie einen gütigen wie auch einen grausamen oder, besser: einen schöpferischen und einen zerstörerischen Aspekt haben. Bei der Göttin Kali etwa steht die zornig-schreckliche Seite im Vordergrund. Sie wird mit einem schwarzen oder schwarz-blauen Gesicht dargestellt. Um den Hals trägt sie eine Kette aus Schädeln, um die Hüften einen Rock aus abgeschlagenen Armen, und manchmal hängt ein totes Kind an einem ihrer Ohren. Aber zugleich wird sie als lebenspendende Mutter verehrt.

Ich war erschrocken, als ich zum ersten Mal eine Statue dieser

Göttin in einem Tempel sah, und dann umso erstaunter, als man mir erzählte, dass Ma bei bestimmten Gelegenheiten in einem roten Sari als Kali verkleidet verehrt würde. Aber schließlich leuchtete es mir ein. Dass Gott nur Güte, Liebe und Licht sei, wie es im Christentum häufig heißt, war mir schon länger fragwürdig erschienen. Zumindest musste man, wenn man es so sah, an seiner Allmächtigkeit zweifeln, allein schon wenn man sich mit den Gräueln des letzten Krieges auseinandersetzte. Ich ahnte, dass ich hier einen breiteren Horizont für den Umgang mit meinen Schuldgefühlen finden würde, und ich bat Atmananda, mir ein Gespräch mit Ma zu vermitteln.

Dieses Tages entsinne ich mich noch genau: Der Himmel war bedeckt, und es gewitterte, als ich zum Darshan ging, bei dem ich mein *private* haben sollte, wie ein Gespräch unter vier Augen genannt wurde. Als sie sich zu Beginn des Darshans auf ihre Liegebank gesetzt hatte, war eine elektrische Spannung im Raum, in die hinein sie leise, aber lebhaft auf die Frage eines der um sie Sitzenden antwortete. Sie war unglaublich schön anzusehen, wie sie, in ihren schneeweißen Sari gehüllt, den Oberkörper leicht vor und zurück wiegend, dort saß mit einer fließenden Würde. Ich war überglücklich, sie später persönlich sprechen zu dürfen.

Als ich ihr dann – in Begleitung von Atmananda als Übersetzerin – in einem kleineren Raum gegenübersaß, war ich zuerst verwirrt und hatte vergessen, was ich sie fragen wollte. Aber nach einiger Zeit des Schweigens, tauchten die quälenden Fragen wieder auf, und ich sprach mit ihr über meine Schuldgefühle, die mir auf der Seele brannten.

Am Ende dieser Begegnung fühlte ich mich völlig verstanden und gleichzeitig auf mich selbst verwiesen. Ich hatte Ma zu Anfang eine Girlande aus weißen Rosen in den Schoß gelegt. Sie hielt sie lange in der Hand, dann warf sie sie mir über den Hals, als ich mich am Ende des Gesprächs vor ihr verneigte. Als ich ihr danken wollte, lachte sie hell auf und sagte, ich solle mich bei mir selbst bedanken. Diese Girlande habe ich bis heute aufbewahrt.

Bald darauf unternahm ich einen Spaziergang, um das Erlebte nachwirken zu lassen. Ich blickte hinaus über die gebirgige Landschaft, in der man im Norden den Himalaja ahnen konnte. Da überfiel mich eine merkwürdige Vision: Ich sah Mas Gesicht groß vor mir, frei schwebend in der Luft. Plötzlich wurde es an den langen schwarzen Haaren hochgezogen und verschwand. Ich blickte in eine schwarz-blaue Leere, furchterregend und anziehend zugleich.

Tief erschüttert, brauchte ich lange Zeit, bis ich wieder zurückfand in meinen Alltag.

In den folgenden Tagen setzte ich mich damit auseinander, ob und wie lange ich noch bei Anandamayi bleiben wollte. Zweifel waren in mir aufgetaucht, ob ein so stark kontemplatives Leben, wie es im Ashram üblich war, für mich möglich sei. Die Begegnung mit Sukria hatte mir zu denken gegeben: Sie war mit dem Vorsatz in den Ashram gekommen, ausschließlich zu meditieren, und war gescheitert. Ich hatte das nie im Sinn gehabt. Außerdem erschreckte mich nach meinen Erfahrungen auf politischem Gebiet die Forderung absoluten Gehorsams dem Guru gegenüber, die – so weit ich das erfahren hatte – auch für die westlichen Schüler von Ma zutraf. Wobei ich aber deutlich spürte, dass mir ihre Anweisung, jeden Tag zu einer festgesetzten Zeit zu meditieren, entsprach. Und in Mas Anwesenheit geschah es wie von selbst, dass ich innerlich still wurde und immer häufiger erfuhr, dass hinter den peinigenden Fragen nach meiner Schuld etwas anderes auftauchte, das ich bisher nicht gekannt hatte. Es hatte mit der schwarz-blauen Göttin Kali und ihren beiden Gesichtern zu tun.

Dr. Choudri

Unter den Anhängern, die regelmäßig zum Darshan erschienen, war ein westlich gekleideter und intelligent aussehender Inder. Sein Alter konnte ich schwer schätzen, er war vielleicht Anfang dreißig. Eines Tages trat er auf mich zu und fragte, woher ich denn sei. Als er es erfuhr, sah er mich bewundernd an.

»Oh, Deutschland ist ein wunderbares Land, und Hitler war ein großer Mann«, sagte er.

Ich reagierte erstaunt, aber dann erinnerte ich mich, dass Atmananda erwähnt hatte, man könne hier auf Menschen treffen, die dieser Meinung seien.

»Das Leben im Ashram«, fuhr er fort, »muss sehr schwer für Sie sein, mit all diesen Reinheitsregeln!«

»Ja, das ist nicht einfach. Aber Mas Gegenwart entschädigt mich für alles.«

Er erwähnte dann die Schwierigkeit, eine meditative Praxis mit einem modernen Leben zu verbinden, was für ihn als Arzt offenbar ein Problem darstellte.

Von da an sprach er mich nach fast jedem Darshan an. Anfänglich versuchte ich ihm auszuweichen, doch sein Interesse an Deutschland rührte mich. Wie mochte er sich das Leben dort vorstellen, und was wusste er wirklich von der Hitlerzeit?

Eines Tages lud er mich zum Tee zu sich ein, und ich nahm die Einladung an. Er bewohnte ein kleines Haus etwas oberhalb des Ashrams, aber an derselben Straße. Als ich an der Tür mit dem Schild »Practice Dr. K. C. Choudri« klingelte, öffnete ein Diener. Er führte mich in ein westlich möbliertes Wohnzimmer und sagte in leidlichem Englisch, der Doktor werde gleich da sein. Es dauerte auch nicht lange, bis er eintrat und mich strahlend begrüßte: »Welche Freude, dass Sie gekommen sind!« Er war sichtlich aufgeregt und verlegen.

Wir setzten uns, der Diener brachte den Tee und schenkte ein. In den ersten Minuten tauschten wir ein paar Allgemeinheiten aus, schließlich fragte ich ihn, wo er studiert habe.

»Auf Anraten von Ma nahm ich mein Medizinstudium in Kalkutta auf. Sie sieht es nicht gern, wenn ihre Anhänger ins Ausland gehen. Ich selbst wäre lieber nach Amerika gegangen, am allerliebsten aber nach Deutschland. Deutschland ist ja das Ursprungsland der Homöopathie, für die ich mich sehr interessiere.«

Der feingliedrige kleine Mann hatte etwas Verlorenes an sich. Mir kam der Gedanke, ob er nicht als Waise aufgewachsen war, und ich sprach ihn darauf an.

»Sie haben richtig vermutet«, antwortete Dr. Choudri. »Ich war Halbwaise, denn mein Vater fiel 1946 in den Kämpfen für die Unabhängigkeit Indiens. Er ist ein überzeugter Anhänger von Subhas Chandra Bose gewesen, der sich 1942 mit Hitler traf, um sich mit ihm gegen das Britische Empire zu verbünden. Bose wurde jedoch enttäuscht, denn die von ihm gegründete Indische Legion musste für Deutschland und nicht für die Befreiung Indiens kämpfen. Aber trotz alledem hielt mein Vater Hitler für einen genialen Politiker und Feldherrn, der seinem Volk innerhalb weniger Jahre die verlorene Ehre und Macht wiedergab. Außerdem hat er indirekt zur Befreiung Indiens beigetragen, da er die Engländer bekämpft und geschwächt hat. Mein Vater ließ nichts auf ihn kommen, und er ist damit nicht der Einzige hier in Indien.«

Von diesen Verbindungen zwischen Indien und Deutschland hatte ich bisher kaum etwas gewusst. Den Namen Bose und auch den der von ihm aufgestellten Indischen Legion hatte ich zwar schon einmal gehört, mich aber nie dafür interessiert.

»Sie müssen sehr jung gewesen sein in dieser Zeit. Was haben Sie erlebt?«, fragte mein Gegenüber und sah mich erwartungsvoll an.

Ich zögerte bei meiner Antwort. »Ich war sechzehn und eine

überzeugte Nationalsozialistin, als der Krieg begann – ich wollte meinem Vaterland dienen.«

»Mein Vater sagte auch immer, dass dies das Höchste sei. Er wäre empört gewesen, hätte er noch erfahren, dass die Mitglieder der Indischen Legion nach dem Krieg des Vaterlandsverrats angeklagt werden sollten. Schließlich hatten sich die Anhänger Boses genauso wie die Anhänger Gandhis dem Dienst am Vaterland verschrieben. Nur wollten Bose und seine Leute es mit militärischen Mitteln erreichen. Gott sei Dank kamen sie wieder frei, denn das Verfahren wurde eingestellt. Auch mein Vater hätte unter den Verdacht des Hochverrats fallen können, wenn er nicht schon tot gewesen wäre. Ich aber bin heute noch überzeugt, dass er das Richtige getan hat, indem er sich Bose anschloss. Aber die Partei Gandhis, die den gewaltlosen Widerstand propagierte, hat die Oberhand behalten, und Indien wurde dann ja unter Gandhis Führung auf diesem Wege frei. Aber ob das ohne den Zweiten Weltkrieg, das heißt ohne Hitler, möglich gewesen wäre, das ist sehr die Frage. Deshalb haben wir Hitler viel zu verdanken.«

Mir wurde schwindlig. Niemals hatte ich erwartet, in Indien Menschen zu treffen, die die Ereignisse, die für uns Deutsche und für ganz Europa in eine Katastrophe geführt hatten und die mich belasteten, unter einem so anderen Blickwinkel betrachteten. Für eine unmittelbare Antwort war ich zu verwirrt, stattdessen fragte ich ihn, wie er zu Ma gefunden habe.

»Meine Mutter kannte sie schon lange, und nach dem Tod meines Vaters besuchte sie sie noch häufiger. Da ich selbst nach einer Orientierung Ausschau hielt, fuhr ich einmal mit, und es ist nicht bei diesem einen Mal geblieben.«

Als ich ihm einiges über meine Vergangenheit erzählte, bemerkte ich, dass seine Bewunderung für mich dadurch noch wuchs. Einerseits schmeichelte es mir natürlich, andererseits war es mir unangenehm, ja fast unheimlich.

Ich brachte die Sprache auf die Judenvernichtung, und er pflichtete mir bei, dass dies ein Verbrechen gewesen sei.

»Aber fühlen Sie sich deshalb schuldig?«, wollte er wissen.

»Meine beste Jugendfreundin war Jüdin, sie musste 1935 auswandern. Seitdem habe sie nie wiedergesehen, auch sie hätte man ermorden können.«

»War das Ihre Schuld?«

»Nein, aber ich gehöre zu dem Volk, das diese Verbrechen mit zu verantworten hat. Das, was Bose mit seinen Gefolgsleuten versucht hat, ist etwas völlig anderes als das, was Hitler und seine Anhänger getan haben. Indien war ein seit Jahrhunderten unter einer Fremdherrschaft lebendes Volk, das in seinem Befreiungskampf Hilfe von außen suchte. Deutschland dagegen war unter Kaiser Wilhelm II. ein mächtiges Reich gewesen, hatte einen Krieg verloren und war gedemütigt worden. Die Empörung der Deutschen darüber – so sehe ich es heute – und die Not, die durch die unmäßigen Reparationszahlungen mit begründet war, ließ Hitler hochkommen. Dass er jedoch die Deutschen zu einem ›auserwähltem Volk‹ stilisierte, das sich das Recht anmaßte, andere Völker, vor allem das jüdische Volk, auszurotten, war sein Verbrechen.«

Ich sprach immer eindringlicher: »Als ich in Polen im Kriegseinsatz war, habe ich genauso gedacht: Die Polen waren für mich Untermenschen, und ich hielt uns für berechtigt, ihnen das Land zu nehmen, um Deutsche darauf anzusiedeln. Ich lebte damals auch in der Nähe von Konzentrationslagern und hätte mich informieren können, was dort geschah. Aber ich habe es nicht getan, und das werfe ich mir heute vor.«

Dr. Choudri war nachdenklich geworden. »Es ist so viel Blut geflossen«, sagte er, »auch bei uns in der Zeit der Befreiung. Und plötzlich war das, was manche mit bestem Gewissen getan hatten, Verrat.« Er sah mich an, seine Augen hatten einen dunkel-schmelzenden Glanz.

Ich war irritiert, und sagte: »Sie entschuldigen, wenn ich mich jetzt verabschiede. Ich möchte die abendliche Schweigezeit nicht versäumen.«

Dr. Choudri begleitete mich höflich zur Tür. An diesem Abend ließ er sich nicht mehr im Ashram blicken.

Als er jedoch tags darauf auftauchte, spürte ich deutlich, dass er wieder ein Gespräch mit mir anfangen wollte. Ich wich ihm aus, denn ich konnte mit seiner Bewunderung nicht umgehen. Später beobachtete ich, dass Ma diesem Mann mit großer Freundlichkeit begegnete. In dem Augenblick, in dem er sich ihr näherte, verwandelte er sich. Aus dem problembehafteten modernen Inder wurde ein ehrfürchtiger junger Mann, der über Ma Zugang zur religiösen Tradition seines Landes gefunden hatte.

Besonders fiel mir das an Shivaratri auf, einem hohen hinduistischen Feiertag, an dem tagsüber gefastet und die ganze Nacht über ein Ritual zu Ehren Shivas durchgeführt wird, einer der wichtigsten Götter im Hinduismus. Dr. Choudri erschien abends in indischer Kleidung, sah nicht links, noch rechts und setzte sich auf einen Platz in dem mit Seilen abgetrennten Bereich in der Ashram-Halle. Atmananda nahm auch an dem Ritual teil, saß aber ein Stück von den anderen entfernt. Wieder einmal war sie kein wirkliches Mitglied der Gemeinde.

Alle hatten einen kleinen Lingam vor sich, wie der phallusförmige Stein, ein Symbol des Gottes Shiva, genannt wird. Dazu Wasser, Milch, Joghurt, Butter, Blätter und Blumen.

Ich durfte außerhalb des abgetrennten Bereichs zugegen sein und war beeindruckt von der Atmosphäre, die sich über Stunden im Raum aufbaute, während die Teilnehmer Mantras murmelten und die verschiedenen Opfergaben über das Lingam gossen oder streuten.

Lange nach Mitternacht zog ich mich zurück, und am nächsten Morgen traf ich einige der Teilnehmer, darunter auch Dr. Choudri.

Die Unruhe, die sonst von ihm ausging, war verschwunden. Er wirkte wie frisch gereinigt, sprach nur kurz mit mir und verabschiedete sich mit der Bemerkung, dass seine Patienten auf ihn warteten. Ich beneidete ihn um die Erfahrung dieser Nacht, aber gleichzeitig war mir klar, dass ich sie nie würde teilen können.

Abschied

Am darauffolgenden Tag, beim Darshan bemerkte ich, dass Ma mich immer wieder ansah. Schließlich ließ sie mich fragen, ob ich ihr etwas vorsingen könne. Ich war glücklich, von ihr angesprochen worden zu sein, gleichzeitig aber etwas durcheinander. Es fiel mir nichts ein außer einem Bach-Choral, der mich in den letzten Jahren begleitet hatte und den ich sehr liebte:

Komm süßer Tod! Komm sel'ge Ruh!
Komm führe mich in Friede ...

Als ich geendet hatte, war es still im Raum. Ma wollte den Inhalt des Chorals erfahren, und als Atmananda den Text übersetzt hatte, sah sie mich eindringlich an.

»Ein menschliches Leben«, sagte sie nach einer Weile, »ist ein zu kostbares Geschenk, als dass man sich den Tod wünschen dürfe. Es ist eine Chance, um sich weiterzuentwickeln, eine Chance, die man nützen sollte.«

Ich war überrascht über ihre Worte. Für mich war dieser Text zusammen mit seiner Melodie Inbegriff gläubigen Gottvertrauens gewesen, das Bach für mich verkörperte. Plötzlich war ich hellwach, als hätte mir jemand einen Stoß versetzt, und als später, nachdem Ma sich zurückgezogen hatte, das Kirtan begann – ein sich immer wiederholendes Singen von Mantras oder Sanskrit-Versen – sang ich das erste Mal vorbehaltlos mit. Die einzelnen

Worte, deren Sinn ich teilweise gar nicht verstand oder nur ahnte, erschienen mir wie Lautskulpturen, in deren Schönheit ich mich verlor.

Ein paar Tage danach hörte ich, dass Ma demnächst nach Solan, einem Ort auf halber Höhe des Himalaja, übersiedeln würde. Sie wolle aber noch den Tod eines sehr alten Anhängers abwarten, der schwerkrank im Ashram lag und in ihrer Nähe sterben wollte. Ich hatte bemerkt, dass er sich in einem Zimmer gleich neben dem ihren befand. Die Tür stand meist offen, und er war stets umringt von einer größeren Zahl Menschen. Manchmal hörte man ihn stöhnen. Später hieß es dann, Ma müsse morgen abfahren, sie würde den Schwerkranken mitnehmen, wenn er bis dahin nicht gestorben sei.

Um nichts zu versäumen, übernachtete ich im Ashram. Gegen vier Uhr morgens wurde ich aufgeweckt vom Gesang der Mädchen, die die dem Ashram angegliederte Schule besuchten: *»Satyam gnanam anantam brahma, ekam eva aditiyam brahma«* (»Brahman ist Wahrheit, Weisheit, Ewigkeit. Wahrlich Eines ohne ein Zweites ist Brahman.«) Sie sangen diesen Sanskrit-Vers zu einer tiefe Ruhe verbreitenden, uralten Melodie, und ich wusste sofort, dass der alte Mann sein Leiden hinter sich gelassen hatte. Der Friede, der sich im gesamten Ashram ausbreitete, war unbeschreiblich und begleitete mich mehrere Tage.

Zu meiner eigenen Überraschung wurde mir bald darauf klar, dass ich nicht mehr lange an diesem Ort bleiben würde. Mir war eingefallen, dass Du, Hanna, vielleicht versuchen könntest, mich zu erreichen. Ich hatte das Gefühl, dass ich mir das nie würde verzeihen können, würde Dein Nachforschen vergeblich sein – zu allem, was ich dir aufgeladen habe, auch noch das!

Als ich Ma kurz vor ihrer Abfahrt noch einmal sehen durfte, um ihr zu sagen, dass ich in meine Heimat zurückkehren wolle, nickte sie zustimmend: *»You must live up to your guilt«*, wurden mir ihre auf Hindi gesprochenen Worte ins Englische übersetzt. Was das genau hieß und wie das aussehen sollte, davon hatte ich zwar keine Ahnung. Eines wusste ich jedoch sicher: Die Erfahrungen, die ich bei Ma gemacht hatte, würden mich durch mein Leben begleiten und mich das Richtige finden lassen.

Am Abend vor meiner Abreise saß ich noch einmal mit Atmananda auf der kleinen Veranda ihrer Behausung.

»Ich werde nie vergessen, was du bei unserem ersten Gespräch über Hitler gesagt hast, und ich bewundere, dass du zu dieser Sichtweise gekommen bist nach allem, was dir und deiner Familie widerfuhr.« Es war mir wichtig gewesen, ihr das zu sagen.

Ein Lächeln vertrieb den melancholischen Schleier aus Atmanandas weit geöffneten dunklen Augen. »Das ist so lange her«, erwiderte sie. »Meine Mutter starb, bevor die Nazis in Österreich einmarschierten, und ich lebte seit 1936 in Indien und war vor ihnen sicher. Über das Los meines Vaters wusste ich lange Zeit nichts, und ich weiß auch heute nicht genau, ob er im KZ oder danach, an den Folgen der Haft, gestorben ist. Hier war ich in einer so anderen Welt und hatte ein komplett neues Leben. Trotzdem habe ich mich mit dem Schicksal meines Vaters, das er mit so vielen anderen Juden teilte, innerlich herumgeschlagen und in Hitler das leibhaftige Böse gesehen. Erst als ich zu Ma kam, trat das in den Hintergrund, und ich fand zu jener Haltung, aus der heraus ich damals mir dir gesprochen habe.«

Die Sonne war untergegangen, und es war fast dunkel geworden. Wir saßen noch eine Weile schweigend beieinander und schauten hinaus in den in immer tieferem, und schließlich in einem Schwarzblau versinkenden Himmel.

Am nächsten Morgen brachte mich Atmananda zum Bus.

»Ich werde dich vermissen«, sagte sie, und ich betonte noch einmal, wie gut es für mich gewesen war, sie getroffen zu haben. Das Wichtigste aber sprach ich nicht aus: Ohne sie wäre mir nicht derart klar geworden, dass die langen Schatten meiner Vergangenheit bis hierherreichten und dass es kein Ausweichen gab.

Wäre das in diesem Land üblich gewesen, wir hätten uns sicherlich umarmt. So aber legten wir beide die Hände vor der Brust zusammen und verneigten uns leicht voreinander. Abschied auf Indisch.

Während der Reise mit Bus und Bahn überfiel mich eine unerwartete Trauer. In den drei Monaten, die ich in Indien verbracht hatte, war mir dieses Land sehr vertraut, wenn nicht gar zu einer zweiten Heimat geworden. Mit all seinen Schroffheiten und Gegensätzen strömte es eine unerschütterliche Ruhe aus. Es war wie ein uralter, unermesslicher Raum, in dem die eigene Person und das eigene Leben in das nicht überschaubare Geflecht allen Lebens eingewoben erschienen und ihre bedrängende Nähe verloren, wie in einem tiefen Ausatmen. Ich ahnte, dass ich Heimweh haben würde nach diesem Land, das ich doch aus freien Stücken wieder verließ, ein Heimweh ähnlich dem, das manchen nach Verlassen des Elternhauses befällt. Würde ich mich in Deutschland wie in der Fremde fühlen? Was würde auf mich zukommen? Wie würde ich mein Leben weiter führen? Was war inzwischen aus Dir, Hanna, geworden?

Beim Niederschreiben der Erinnerungen an diesen Abschnitt meines Lebens werde ich unsicher, wie Du all das aufnehmen wirst. Denn es ist – genau wie es Vidyanand vermutete – fast unmöglich, die Begegnungen und Erfahrungen, die man in diesem Land machen kann, einem Menschen überzeugend zu schildern, der noch nie dort war oder sich womöglich von dieser Kultur abgestoßen fühlt. Einen Menschen, wie er mir in Anandamayi gegenübertrat, sucht man in unserem Kulturkreis vergeblich. Trotzdem musste ich den Versuch unternehmen, Dir das alles zu schildern, denn diese Begegnung hat entscheidend in mein weiteres Leben hineingewirkt.

Als ich zum letzten Mal den Fuß auf indische Erde setzte und die Gangway des Schiffes betrat, war mir, als verlöre ich allen Halt. Ich fragte mich auch, ob ich mir nicht Illusionen machte mit der Annahme, dass Du wieder Verbindung zu mir aufnehmen wolltest. Unabhängig davon aber wusste ich, dass mein Platz nicht in Indien war. Ich musste mich dem Leben und den Bedingungen meines Landes stellen.

Auf der Heimfahrt saß ich viel auf Deck und schaute auf das Meer hinaus. In dem Auf und Ab der Wellen stiegen Bilder aus der Vergangenheit auf, mischten sich und verblassten wieder. Als Atmanandas klares Gesicht sich in den Vordergrund schob, tauchte dahinter das Kindergesicht von Marga auf. Ich sah uns im Garten ihres Elternhauses miteinander spielen, entsann mich des Abschieds von ihrer Mutter und wie Marga dann, ohne sich auch nur ein einziges Mal nach mir umzudrehen, verschwand. Sie musste noch leben, dessen war ich mir sicher! Ich nahm mir vor, zu Hause als Erstes zu versuchen, wieder Kontakt mit ihr aufzunehmen. Womöglich hatte sie inzwischen geschrieben – und ich würde einen Brief von ihr in München vorfinden. Aber sollte es tatsächlich der Fall sein, würde ich es wirklich wagen, sie zu treffen?

Wiederum ging mein Blick über das Meer, dort hinaus, wo sich Wellen aufhoben, schäumend überstürzten und wieder vergingen. Gebannt sah ich zu, und mit einem Mal war da wieder die Frage aus der Kinderzeit: Wer bin ich eigentlich, und warum bin ich ich und nicht irgendjemand anderer?

Während ich wahrnahm, wie dort drüben zwei Wellen eine Strecke zusammenliefen, dann wieder auseinandergetrieben wurden und doch in der Tiefe dieses Wassers verbunden blieben, verbunden auch mit all den anderen, den nahen und fernen, da kam die Frage für diesen Augenblick in mir zur Ruhe: Zu gegebener Zeit würde das Richtige sich zeigen.

Hanna hält abermals inne. Sie ist entspannt, so als wäre ein Teil der Ruhe, die aus den Schilderungen ihrer Mutter durchscheinen, auf sie übergegangen. Sie spürt ihre Müdigkeit und beschließt, ins Bett zu gehen. Sie schläft tief und traumlos, und als sie in aller Frühe wieder erwacht, nimmt sie sich das letzte Heft vor.

Heft 5

Leben im Angesicht von Schuld (1968–1999)

Ankommen

Nach meiner Ankunft in München zog ich erst einmal zu Else, bis der Untermieter meine Wohnung geräumt hatte.

Else hatte der Zeitung entnommen, dass meine Mutter vor drei Wochen gestorben war, und sie hatte mir den Nachruf aufgehoben. Die Traueranzeige fand ich in meiner Post. Hubert hatte sie verschickt, und er war auch der Einzige, der darauf als Hinterbliebener genannt wurde. Das machte mich betroffen. Womöglich hatte er versucht, mich zu fragen, ob ich auch draufstehen wollte, hatte mich jedoch nicht erreicht. Aber es war auch kein anderer Brief von ihm da.

Seit unserem letzten Zusammentreffen kurz nach dem Krieg hatte ich mit meiner Mutter nur in einer sehr losen Verbindung gestanden, denn ich wollte nichts mehr zu tun haben mit der Gemeinschaft der Unverbesserlichen, zu der sie ja leider gehört hatte. Die Erfahrung mit Fritz war schwer genug gewesen, und Dir, Hanna, wollte ich diese nationalsozialistische Großmutter nicht auch noch zumuten. Deshalb hatte sie nie von Deiner Existenz erfahren, und Du kaum etwas von der ihren.

In Indien aber hatte ich hin und wieder an sie gedacht. Ich hatte mehr Verständnis für ihre Haltung gewonnen und wollte sie nach meiner Rückkehr einmal besuchen. Nun war es zu spät! In dem Nachruf auf sie las ich, dass sie eine hochgeschätzte Künstlerin gewesen war. Das machte mich nachdenklich und traurig zugleich.

Dazu kam die Sorge um Dich. Denn, wie Du ja weißt, kochte Deutschland damals unter dem Einfluss der APO, die Zeit der Achtundsechzigerjahre war angebrochen. Überall wurden K-Gruppen gegründet, und der Gedanke, Du hättest Dich einer von ihnen angeschlossen, löste Angst in mir aus. Zumindest hätte ich gern gewusst, wie es Dir ging und wovon Du eigentlich lebtest. Du warst zwar nicht mehr sechzehn, aber schließlich auch nicht wesentlich älter. Immerhin hattest Du Else Deine Adresse in Düsseldorf mitgeteilt, und Du erinnerst Dich sicher noch des Briefes, in dem ich Dir anbot, monatlich etwas Geld zu schicken. In der Schroffheit, mit der Du das ablehntest, hast Du mich an Deinen Vater erinnert, dem Du ja auch ähnlich siehst. Ich denke, Du bist inzwischen alt genug, dass ich Dir das sagen kann. Diese Unbedingtheit, mit der Du Dich von mir abwandtest, das kannte ich von ihm.

Die Eingewöhnung in Deutschland fiel mir schwer. Ich hatte das Gefühl, von einem anderen Stern zu kommen, und mehr als einmal wünschte ich, in Indien geblieben zu sein. Aber als sich die alten Geigenschüler bei mir meldeten und neue sich einstellten, begann mein Leben wieder den gewohnten Gang zu gehen.

Mit Else sprach ich viel über die Themen und Anliegen der jungen Generation. Sie kannte sie aus Diskussionen mit ihren Schülerinnen und Schülern, und sie fand sie teilweise berechtigt, teilweise auch überzogen.

Den Vorwurf faschistischer Strukturen, der von der jungen Linken gegen die BRD erhoben wurde, fand ich einfach nur absurd. Denn zwischen dem, was ich aus der Zeit des Nationalsozialismus gekannt und damals aus ganzem Herzen bejaht hatte, und dem heutigen politischen Leben sah ich keinerlei Ähnlichkeiten.

Die Hoffnung der Linken auf eine grundlegende Veränderung und damit Verbesserung der Gesellschaft, teilte ich ebenfalls nicht. Hatten wir als junge Menschen einst nicht ähnliche Hoffnungen gehabt, und wohin hatte das geführt? Wahrscheinlich war mir aus diesem Grund auch die Teilnahme an Massendemonstrationen zutiefst suspekt. Schon im Dritten Reich hatte ich das als notwendiges Übel gesehen, und heute war es mir vollkommen zuwider.

Es ist mir klar, Hanna, dass für Dich das alles ganz anders ausgesehen hat und dass Du diese Proteste sicherlich mitgetragen hast.

Paul

Else war brennend an meinen Erfahrungen in Indien interessiert. Sie hatte das für mich so entscheidende Buch über Ramana Maharshi in meiner Abwesenheit gelesen und begann nun, die von mir mitgebrachten Exemplare der von Atmananda herausgegebenen Ashram-Zeitschrift zu studieren. Ich spürte, wie sehr sie es bedauerte, nicht dabei gewesen zu sein, und ich schenkte ihr eines der Fotos von Ma, die ich mitgebracht hatte.

Eines Tages fragte sie mich, ob sie nicht Freunde zu einem Indien-Abend einladen dürfe, auf dem ich über meine Erfahrungen berichten könnte. Ich zögerte erst, ließ mich dann aber darauf ein.

Else sagte mir, dass auch ein guter Bekannter von ihr mit Namen Paul gern kommen würde. Er sei ein junger Mann, der als Atemgelähmter seit seinem fünfzehnten Lebensjahr im Rollstuhl sitze, aber trotzdem sein Abitur gemacht und Soziologie studiert habe. Er sei vielseitig interessiert, und sie habe sich mit ihm angefreundet. Er wohne zusammen mit seiner Mutter in einer Gemeinschaftseinrichtung für Behinderte und sei Berater in einer Baufirma, die behindertengerechte Wohnungen errichten würde.

Ich war gespannt auf diesen Abend, aber auch sehr unsicher, was ich erzählen konnte und wollte über meine Erlebnisse in diesem Land. Schon die Möglichkeit der Frage nach dem Grund, warum ich überhaupt dort hingefahren war, machte mir zu schaffen, und ich dachte wieder an Vidyanands Voraussage.

An die fünfzehn Personen folgten der Einladung, und Else führte mich ein. Ich sprach ungefähr eine halbe Stunde ziemlich allgemein über Land und Leute, erwähnte den Besuch bei Anandamayi Ma nur kurz, und sagte dann noch etwas über indische Mythologie und die dunkle Seite ihrer Gottheiten. Bei der darauf folgenden Diskussion merkte ich, dass vor allem bei Paul ein starkes spirituelles Interesse vorhanden war. Der lebhafte Ausdruck seiner blauen Augen unter den schwarzen Haaren beeindruckte mich, und später am Abend fragte ich ihn, was ihn denn an meinem Vortrag besonders gefallen habe.

Die Antwort kam schnell: »Das, was Sie über die dunkle Seite der indischen Gottheiten gesagt haben. Als ich sechzehn war und im Krankenhaus lag, erhielt ich regelmäßig Besuch von einem alten Pfarrer, mit dem ich mich oft unterhielt. Er war ein gütiger Mann, hinter dessen Worten ich immer die Bemühung spürte, sich in meine Lage einzufühlen. Er war einer von den seltenen Menschen, denen es gegeben war, nach der dritten Bitte des Vaterunsers, ›Dein Wille geschehe‹, zu leben. Ich beneidete ihn darum, wobei ich mir bewusst war, dass ich ihm darin nicht folgen konnte. Als er in Pension ging, erschien statt seiner ein jüngerer Kollege, der mich bei seinem ersten Besuch mit der These konfrontierte, dass ich in diesen Zustand nicht ohne Grund gekommen sein könne. Er müsse mit begangenen Sünden in Zusammenhang stehen. Ich war so aufgebracht, dass ich jedes weitere Gespräch mit ihm verweigerte, obwohl er mehrmals versuchte, den Kontakt wieder aufzunehmen. Gemeinsam mit Freunden und guten Bekannten, die mir in meiner Empörung zustimmten, erregte ich mich über diesen ›mittelalterlichen Schwachsinn‹. Aber der Stachel saß. Die Frage: ›Warum gerade ich?‹ wurde zur nächtlichen Qual. Wie konnte ein Gott, der von allen als gütig gepriesen wurde, es zulassen, dass ein so junger Mensch wie ich in einen so schwer erträglichen Zustand geraten war? Zu einer Sünde, die eine derart gravierende Strafe verdienen würde, hatte ich ja noch gar keine Gelegenheit gehabt! Irgendwann bemerkte ich aber, wie ich mich mit solchen Gedanken immer tiefer in einen Abgrund hineinbohrte. Ich verstand, dass ich niemals eine Antwort erhalten und immer verzweifelter werden würde, wenn ich auf diese Weise weitermachte. So hörte ich zu fragen auf, aber ich weiß, dass dieser Kampf noch nicht ausgekämpft ist.«

Als Paul geendet hatte, war sein Gesicht leicht gerötet, und er sah mich unsicher an. Das spontane Zutrauen dieses mir vor Kurzem noch unbekannten Menschen berührte mich.

»Ich würde Sie gern einmal zu mir einladen«, sagte er. »Würden Sie das annehmen?«

Wir verabredeten uns für das kommende Wochenende.

Als ich vor der Wohnungstür in der Behinderteneinrichtung stand, in der Paul mit seiner Mutter lebte, fühlte ich mich beklommen. Die Vorstellung, in einem Haus zu wohnen, in dem man auf den langen Fluren und in den Aufzügen ständig Behinderten in Rollstühlen oder an Krücken begegnete, bedrückte mich.

Eine Frau meines Alters öffnete mir und begrüßte mich freudig: »Oh, das ist schön, dass Sie kommen! Paul wartet schon auf Sie.« Sie öffnete sein Zimmer und rief: »Paul, dein Besuch!«, dann entfernte sie sich. Paul drehte seinen Rollstuhl vom Fenster weg, aus dem er offenbar geschaut hatte. Ein Leuchten ging über sein Gesicht.

»Wie gut, dass Sie da sind, setzen Sie sich doch!«, sagte er.

Ich saß kaum, da klopfte die Mutter wieder: »Ich habe Tee für Sie gemacht. Oder wollen Sie lieber Kaffee?« Sie hatte sich an mich gewandt, während sie ein Tablett mit Kuchen hinstellte und den Tisch zu decken begann. Ich solle sie nur rufen, wenn irgendetwas fehlte.

»Nein, es fehlt nichts mehr!«, sagte Paul bestimmt, fast unwirsch.

Während die Mutter verschwand, spürte ich deutlich, dass ihm diese Szene peinlich war.

»Nehmen Sie sich doch bitte«, sagte er.

Ich nahm mir ein Stück des verlockenden Schokoladenkuchens, dann bemerkte ich, dass er selbst nichts nahm.

»Wollen Sie denn nichts essen?«

»Doch bitte, auch einen Schokoladenkuchen!«

Erst da wurde mir bewusst, dass er seine Arme nicht so weit weg vom Körper bewegen konnte, um sich ein Kuchenstück auf den Teller zu legen. Also tat ich es, und er bat mich noch, den Kuchen zu zerkleinern.

»Meine Hände sind zu schwach dafür«, erklärte er.

Er erzählte mir mehr von seinen Erfahrungen nach der Erkrankung, von der ersten Zeit seiner dauernden Abhängigkeit von fremder Hilfe. Am schwersten war ihm die Gewöhnung an die Eiserne Lunge gefallen, bis er es dann langsam und mit größter Anstrengung wieder geschafft hatte, tagsüber selbstständig zu atmen. Nachts allerdings benötigte er noch immer eine Atemmaske. Ich konnte mir gut vorstellen, wie hart es für ihn gewesen sein musste, sich mit diesem eingeschränkten Zustand anzufreunden. Schließlich brachte er das Gespräch auf die indische Mythologie:

»Mir ist nachgegangen, was Sie darüber erzählt haben. Mit der christlichen Vorstellung eines ›lieben‹ oder ›gerechten‹ Gottes, der gleichzeitig allmächtig sein soll, kann ich nichts anfangen. Aber Götter, die schaffen und gleichzeitig zerstören, das leuchtet mir ein. Ich würde darüber gern mehr hören.«

Vor allem faszinierte ihn die Göttin Kali, und ich gab ihm zu verstehen, dass die Bekanntschaft mit dieser Gottheit einer der wichtigsten Schätze sei, die ich aus diesem Land mitgenommen hätte.

»Ich habe Ihnen noch nichts über meine Vergangenheit im Nationalsozialismus erzählt. Sie erklärt, warum mir Kali so wichtig ist. Denn wenn ich an das letzte Kriegsjahr zurückdenke, kommt es mir vor, als hätte nicht nur Deutschland, sondern ein großer Teil des Erdballs im Bann dieser blutgierigen Gottheit gestanden. Die Inder erzählen von dem rasenden Tanz dieser blauschwarzen Göttin, der niemand Einhalt gebieten kann außer ihrem Gemahl Shiva. Aber auch er muss eine List gebrauchen. Er legt sich vor sie auf die Erde, und in demselben Augenblick, in dem sie auf ihn tritt und dabei ist, ihn zu zerstampfen, wird sie gewahr, was sie tut und hält mit dem Ausdruck abgründigen Schreckens inne. Dies ist ein stimmiges Bild für meine Erfahrung des Kriegsendes. Für mich brach die Welt zusammen, und es ist mir heute unerklärlich, wie ich das überlebt habe. Ich war eine begeisterte Anhängerin des nationalsozialistischen Regimes.«

Paul schwieg eine Zeit lang. Schließlich sah er mich nachdenklich an und sagte: »Ich habe Berichte gelesen über die ›Vernichtung lebensunwerten Lebens‹, haben Sie davon gewusst?«

»Sie würden es kaum glauben, wenn ich diese Frage mit einem Nein beantworten würde, und es ist auch nicht ganz richtig. Ich habe davon gehört, aber ich bin dem nicht nachgegangen. Ich kannte auch niemanden persönlich, der betroffen war. Anfänglich gab es zwar Proteste von Kirchenvertretern, aber dann hörte man nichts mehr. Ich war damals Lagerleiterin und war für den Reichsarbeitsdienst im Wartheland im Einsatz. Die Aufgaben dort haben mich ganz ausgefüllt, und dem Tod begegnete man in dieser Zeit auf Schritt und Tritt. Trotzdem verstehe ich nicht, dass ich von den damaligen Verbrechen an Behinderten keine Notiz nahm.«

»Ich habe mir schon öfter überlegt«, fuhr Paul fort, »was mit mir geschehen wäre, wenn ich ein paar Jahre älter gewesen wäre. Laut Statistiken wurden über 70 000 Behinderte umgebracht, bis Hitler dann 1941 die Fortführung der Morde in den Tötungsanstalten verbot. Aber inoffiziell ging es weiter. Womöglich war der Grund der offiziellen Einstellung auch Personalmangel, weil die entsprechend geschulten Personen für die Judenmorde gebraucht wurden. Dann wäre der Mord an den Behinderten eine Art Vorübung für den Holocaust gewesen!«

Pauls Sarkasmus machte mich betroffen. Bisher hatte ich keine Einzelheiten darüber gekannt und war tief beschämt. Er bemerkte das und brachte die Sprache auf belanglose Dinge. Schließlich verabschiedete ich mich, ungewiss, ob er sich wieder bei mir melden würde. Das geschah aber sehr bald, und wir sahen uns immer öfter.

Gemeinsames Leben

Es stellte sich heraus, dass Paul ein begeisterter Theater- und Museumsbesucher war, wozu er eine Begleitung brauchte. Seine Mutter hatte manchmal keine Zeit oder Lust dazu, und so ergab es sich, dass ich ihn häufiger begleitete. Danach hatten wir meist angeregte Diskussionen, und eines Tages erzählte er mir, dass er schon lange den Wunsch habe, selbstständig zu wohnen, und nun sei ihm eine eigene Wohnung innerhalb der Einrichtung angeboten worden. Er wolle seine Mutter entlasten, die sich mit seiner Pflege übernommen und Rückenprobleme bekommen habe. Sein Traum sei allerdings, ganz aus der Einrichtung auszuziehen und mit von ihm selbst angestellten Pflegepersonen seinen Alltag zu bewältigen.

»Meine Mutter wird sich wohl erst einmal daran gewöhnen

müssen, aber ich glaube, sie wird dann bald einsehen, dass es auch für sie besser ist.«

Ich fragte nach seinem Vater, weil Paul immer nur über seine Mutter sprach, und erfuhr, dass er in Russland vermisst sei. »Meine Mutter hätte ihn längst für tot erklären lassen können, aber sie wollte nicht, obwohl sie lange einen Freund hatte, der sie heiraten wollte. Aber ich mochte ihn nicht, und ich glaube, sie hat mir zuliebe die Heirat verweigert. Über meinen Vater schweigt sie sich aus, und ich mag nicht in sie dringen. Sie hat es schwer genug gehabt, vor allem als sie später auch noch einen behinderten Sohn versorgen musste. Ich habe jedoch den starken Verdacht, dass mein Vater naziverstrickt war, zumindest war er ein Parteigenosse, womöglich war er aber auch bei der SA oder der SS. Ich habe sie nie gefragt, seit wann sie keine Post mehr von ihm erhielt. 1939 wurde er mit zwanzig eingezogen. Mit zweiundzwanzig hat er meine Mutter in einem Fronturlaub geheiratet, so wie das propagiert wurde. Ich habe keine Ahnung, ob er noch erfahren hat, dass er einen Sohn gezeugt und seine Frau ›dem Führer ein Kind geschenkt hatte‹, wie man damals sagte. Meine Fantasie ist, dass sie ihm noch von meiner Geburt geschrieben hat, aber keine Antwort mehr erhielt. Was für ein Leben!«, sagte er. »Sie haben diese Zeit ja auch mitgemacht.«

Ich nickte. Aber was sollte ich ihm antworten?

»So bin ich eben allein mit meiner Mutter aufgewachsen, und dann kam die Krankheit! Trotzdem muss ich irgendwann von ihr weg.« Seine Stimme wurde mit einem Mal fest. »Wären Sie bereit, mir dabei zu helfen?«

Das erfolgte überraschend, und sein Vertrauen überwältigte mich.

»Wenn ich etwas tun kann, sehr gern«, sagte ich.

»Meine Mutter hält viel von Ihnen. Sicher auch, weil Sie damals schon gelebt haben. Wenn Sie bereit wären, einen Teil meiner Betreuung zu übernehmen, würde es ihr womöglich leichter fallen, zuzustimmen.«

Ich war verwundert, eher hätte ich vermutet, dass sie in diesem Fall eifersüchtig werden würde. Aber Paul hatte recht: Als wir ihr davon erzählten, war sie sehr angetan, und begann mit uns gemeinsam zu planen.

Über die Baufirma, bei der er als Berater arbeitete, war es für ihn nicht schwer, eine behindertengerechte Wohnung zu bekommen. Aber es dauerte, bis er bei den Ämtern durchgesetzt hatte, dass der ihm genehmigte Pflegesatz ihm persönlich überwiesen wurde, um seine Pflegepersonen selbst anzustellen. Immerhin konnte er seine berufliche Selbstständigkeit anführen, und schließlich erhielt er die behördliche Erlaubnis, was damals noch eine große Ausnahme war. Erst in den Neunzigern setzte sich diese Möglichkeit dann als »Arbeitgebermodell« durch.

So übernahm ich einen Teil seiner Pflege und engagierte mich mit ihm zusammen in einem von Behinderten und nicht Behinderten gegründeten Verein, der gemeinsame Veranstaltungen organisierte und sich auf vielerlei Weise für die Belange Behinderter einsetzte.

Dabei lernte ich erstaunliche Menschen kennen. Eine von ihnen war Lea, eine kleine Frau in einem großen Rollstuhl. Anfangs sprach sie kaum, aber mit der Zeit taute sie auf, und ich freundete mich mit ihr an. Sie hatte einen gedrungenen Körper mit sehr kräftigen Armen und Händen. Die Beine waren gelähmt, an den winzigen Füßen trug sie ebenso winzige Schuhe. Auffallend waren ihre lebhaften dunkelbraunen Augen, mit denen sie aufmerksam alles verfolgte. Sie konnte zwar nicht laufen, aber sie war überaus geschickt und beweglich. Sie erledigte fast alles, was es an Hausarbeiten gab, mithilfe eines Rollbretts und passte auch auf ihre bettlägerige, manchmal verwirrte Mutter auf. Eine ihrer Lieblingsbeschäftigungen war es, Pilze in den Wäldern um München zu suchen, und in ihrem Stadtteil kannte sie fast jeder, wenn sie sich in selbst gestrickter Jacke und mit keckem Hut in ihrem Rollstuhl auf der Straße sehen ließ.

Als wir uns besser kannten, erzählte sie mir einiges aus ihrem Leben, darunter auch dies: »Als ich noch klein war, bin ich – ohne es zu wissen – einmal nur mit knapper Not dem Tod entronnen. Meine Eltern hatten mich, da ich keine Schule besuchen durfte, in Schönbrunn, einem kirchlichen Behindertenheim untergebracht, weil es hieß, dass ich dort besser betreut würde und auch in die Schule gehen könne. Mir aber gefiel es dort überhaupt nicht, vor allem weil ich hauptsächlich mit geistig Behinderten zusammen war. Außerdem war ich es gewohnt, gemeinsam mit meinen vier Geschwistern frei und selbstständig zu leben. Ich habe es dann bei meinen Eltern durchgesetzt, dass sie mich wieder nach Hause nahmen. Meine Mutter musste sechs Wochen dafür kämpfen, aber schließlich durfte ich heim – und war glücklich. Später erfuhren wir, dass viele der dort Untergebrachten kurz danach der ›Vernichtung lebensunwerten Lebens‹ zum Opfer gefallen sind.«

Das Engagement in diesem Club wurde zu meiner bevorzugten Freizeitbeschäftigung. Häufig kamen mir dabei Gedanken an Marga, und ich hatte das Gefühl, in ihrem Namen tätig zu sein.

Zeit der RAF

Nach der gewaltsamen Befreiung von Andreas Baader 1970, aufgrund deren Ulrike Meinhof in den Untergrund ging, wurde offensichtlich, dass sich da eine Gruppe junger Leute gebildet hatte, die der BRD den Kampf ansagte. Ich hatte sofort die Vermutung, dass Du, Hanna, dazugehörtest, auf welche Weise auch immer. Die jungen Leute protestierten gegen den Kapitalismus allgemein, insbesondere aber gegen den Vietnamkrieg, den das kapitalistische Amerika mit immer größerer Härte führte, und damit waren sie nicht allein. Viele aus der linken Szene waren gegen diesen Krieg, und ich hatte ein gewisses Verständnis dafür. Aber als die Linken um Andreas Baader die BRD als »faschistisches System« anzuprangern begannen, fand ich das abwegig. Trotzdem versuchte ich sie zu verstehen, weil ich Dich verstehen wollte, denn ich war mir sicher, dass Du deren Meinung teiltest. Mit Paul und Else habe ich stundenlang über diese Themen diskutiert. Else war ebenfalls empört, dass sie die BRD mit Faschismus gleichsetzten, während Paul einiges Verständnis dafür aufbrachte: Diese vielen Altnazis, die in der Adenauer-Zeit ihre Stellungen nicht verloren hatten, das fand auch er bedenklich.

Als dann 1972 der harte Kern der RAF festgenommen wurde, waren wir alle erst einmal erleichtert. Ich aber verfolgte ängstlich sämtliche weiteren Nachrichten über sie, und war jedes Mal froh, wenn Dein Name nicht auftauchte. Das steigerte sich, als die zweite Generation der Roten Armee Fraktion um Siegfried Haag und Roland Mayer mit Entführungen, die teilweise in Morden endeten, die Einsitzenden freizupressen versuchten. Häufig lag ich nachts wach und überlegte, ob ich nicht versuchen sollte, Dich über die Adresse, die Else von Dir hatte, zu erreichen. Kurz nach Beginn des Stammheimer Prozesses hielt ich es nicht mehr aus und schrieb Dir diesen Brief mit der Bitte um ein Treffen. Ich weiß, ich hätte ihn besser nicht abgeschickt!

Daran erinnerst Du Dich zwar selbst, Hanna, aber ich will Dir trotzdem beschreiben, wie dieses unselige Treffen aus meiner Sicht verlief. Wir trafen uns ja nach einigem Hin und Her in einem Café in Düsseldorf und stritten uns bald heftig über die Frage, ob es richtig sei, die führenden RAF-Mitglieder als Kriminelle zu behandeln. Ich fand das in Anbetracht der Morde mit gelegten Bomben und der Erschießungen in der Stockholmer Botschaft in Ordnung. Du aber hast erregt auf ihre politischen Motive hingewiesen, und Deinen wütenden Ausruf »Gegen dieses faschistische System muss man doch etwas tun!« habe ich noch im Ohr. Verzweifelt versuchte ich Dir klarzumachen, warum ich diesen Vorwurf der BRD gegenüber für unbegründet hielt. Plötzlich sagtest Du so kalt und scharf, dass ich erschrak: »Es ist völlig sinnlos, mit dir alter Nazisse darüber zu diskutieren!« Dann standest Du auf und gingst hinaus.

Erst im Zug zurück nach München kam ich wieder zu mir und begriff, was ich angerichtet hatte. Das besorgte Gesicht meines Vaters erschien vor meinen Augen, wie er mich bei unserem Gespräch am Feuer gewarnt hatte, etwas zu tun, was ich später bereuen könnte. Nun war ich in einer ähnlichen Situation, denn ich hatte diese Warnung an Dich weitergeben wollen. Gleichzeitig kam mir aber auch der Zorn in Erinnerung, in dem ich damals aufstand und das Zimmer verließ mit den Worten: »Ich weiß selbst, was ich tue!« Hätte ich es mir nicht denken können, dass Du so schroff reagieren würdest?

Seitdem habe ich nichts mehr von Dir gehört, und auch bei Else hast Du Dich nicht mehr gemeldet. Umso angstvoller suchte ich weiter in allen Nachrichten über die zweite und dritte Generation der RAF, ob Dein Name nicht irgendwo auftauchte.

Meine Sorge erreichte ihren Höhepunkt in den dramatischen Zeiten der Entführung des Arbeitgeberpräsidenten Hanns Martin Schleyer, der Geiselnahme bei der Entführung der Lufthansa-Maschine »Landshut« und angesichts der Selbstmorde in Stammheim. In Helmut Schmidts Haut wollte ich nicht gesteckt haben! Ich bewunderte ihn, wie er das durchgestanden und die richtigen Entscheidungen getroffen hat. Ich weiß noch genau, wie wir alle aufatmeten, als die Meldung von der geglückten Geiselbefreiung über das Fernsehen verbreitet wurde. Die Nachricht, dass die Stammheimer Gefangenen unmittelbar danach Selbstmord begangen hatten, überhörte ich fast in der ersten Freude. Erst später begann ich darüber nachzudenken und mich zu fragen, wie sie so schnell erfahren haben konnten, dass die Entführung gescheitert war. Was mich aber viel mehr beschäftigte, war die Frage, wie Du das alles erlebt haben mochtest. Ich konnte mir nichts anderes vorstellen, als dass Du, zusammen mit vielen aus Deiner Generation, von der These der Ermordung überzeugt und entsprechend empört gewesen bist.

Obersalzberg

Ende der Neunzigerjahre, als die Meldung erfolgte, dass die RAF sich aufgelöst hatte, war ich meine Sorge um Dich los, obwohl ich natürlich weiterhin gern gewusst hätte, wie es Dir geht und was Du machst. Außerdem setzte ich mich noch einmal intensiv mit meiner eigenen Vergangenheit auseinander. Der erste Anlass dazu war ein Buch der in England lebenden Wiener Biografin Gitta Sereny: *Das Ringen mit der Wahrheit. Albert Speer und das deutsche Trauma*. Ich las darin mit großer Faszination, wie die Autorin in ihren Gesprächen mit Speer der Frage nach seiner Schuld und Verantwortung nachgeht. Im Mittelpunkt steht dabei die Judenvernichtung, mit der er – so konnte er in Nürnberg glaubhaft machen – nur indirekt etwas zu tun gehabt hatte, und das hatte ihm damals den Kopf gerettet. In Wahrheit aber hatte auch er sich – wie gut konnte ich das nachfühlen! – den Schritt vom Ahnen zum Wissen erspart. Sereny aber nimmt ihm in ihren Gesprächen seine Aussagen in Nürnberg nicht ab, und sie schließt das Buch mit der Bemerkung, dass er, wenn er in seinem Prozess alles gesagt hätte, was er ihr im Lauf der Zeit anvertraute, wohl gehängt worden wäre.

Ich sagte schon, dass ich an Hitler als Führer unseres geschundenen Volkes geglaubt hatte. Aber ich war ihm nie persönlich begegnet und hatte deshalb die Anziehungskraft, die für viele von ihm ausging, selbst nicht erfahren. Speer jedoch war ein Mann, der Hitler nahestand wie kein anderer und der diese große Wirkung, die ihn bis zuletzt nicht verließ, überzeugend beschreibt, auch in ihren negativen Aspekten. Er erwähnt in den Gesprächen mit Gitta Sereny unter anderem ein Zusammentreffen Hitlers mit seinem Vater. Dieser war mit ihm in der Oper, und Hitler, der die Vorstellung ebenfalls besuchte, sah die beiden aus seiner Loge. Er wollte den alten Herrn kennenlernen und ließ Speer und seinen Vater von einem Adjutanten holen. Als sie die Loge betraten und Hitler sich, zum Vater gewandt, lobend über den Sohn äußerte, wurde der totenbleich und begann so stark zu zittern, dass sie die Loge verlassen mussten. Als Speer auf dem Flur seinem immer noch zitternden Vater die Hand auf den Arm legen wollte, wich der vor ihm zurück, als sei er ansteckend. – Was war an diesem Menschen Hitler, dass er so viele in seinen Bann ziehen und riesige Menschenmassen in frenetische Begeisterung versetzen konnte, einige wenige aber erschreckte und abstieß?

Paul las das Buch auch, und wir sprachen oft darüber.

Im Herbst 1999 wurde das Dokumentationszentrum Obersalzberg eröffnet, und wir beschlossen, es im nächsten Jahr gemeinsam zu besuchen. An einem hellen, warmen Frühsommertag machten wir uns auf den Weg, und gegen Mittag trafen wir dort ein. Auf der Hinfahrt überfiel mich plötzlich eine seltsame Angst vor dem, was mich erwartete. Die letzten Tage des Krieges kamen mir in den Sinn. Damals hatten wir oft gehört und geglaubt, dass Hitler sich nun bald in die »Alpenfestung« begeben würde und der Krieg deshalb noch lange nicht verloren sei. Sonst wusste ich kaum etwas über diesen Ort, denn ich hatte ihn als seine Privatsphäre betrachtet, die mich nichts anging.

Das Zentrum ist ein schlichter Bau, errichtet auf den Fundamenten des ehemaligen Partei-Gästehauses »Hoher Göll«. In seinem Eingangsbereich steht ein Modell des Geländes mit der Bebauung in der Hitlerzeit. Wir versuchten die Lage des »Berghofs« in Beziehung zu unserem Standort auszumachen, was uns nicht gelang, und wir vermuteten, dass das Absicht war. Später erfuhren wir, dass man den Ort tatsächlich unkenntlich gemacht hatte, um dort keine Kultstätte entstehen zu lassen. In der ersten Nachkriegszeit hatte sich das schon angebahnt, ehe die Amerikaner das Gebiet als »Recreation-Center« benutzten.

Paul wollte vor allem wissen, was hier über die berüchtigte Aktion »T4« – die »Euthanasie« von Erbkranken und Behinderten – zu finden sei. Er hatte in der Zeitung gelesen, dass es dazu Dokumente und Fotos gebe. Sie waren gleich zu Anfang des Rundgangs ausgestellt, und während wir die Vitrinen und Schautafeln betrachteten, bestätigte sich Pauls Vermutung: Wäre er früher geboren, hätte er tatsächlich zusammen mit denen, die es damals traf, ausgesondert und getötet werden können.

Zwei Fotos von völlig normal aussehenden, lachenden Kleinkindern aus der hessischen Landesheilanstalt Eichberg waren hier zu sehen, die – wie es im Text hieß – »höchstwahrscheinlich in der dortigen Kinderfachabteilung ermordet wurden«. Gleich daneben hing eine Karte, auf der die Aktionen der »NS-Euthanasie 1939 bis 1941« verzeichnet waren, darunter auch einige in meinem Einsatzgebiet im Warthegau. Dass dort Vernichtungslager gewesen waren, wusste ich inzwischen. Aber von der »Kindereuthanasie« hatte ich nur andeutungsweise etwas gehört, und mich – auch in diesem Fall – nie darum gekümmert. Hier hieß es nun, dass Hitler, die »Euthanasie von Ballastexistenzen im Kriegsfall« im kleinen Kreis schon 1935 angekündigt habe. Mir schoss erneut die Frage durch den Kopf, wie ich mich damals – hätte ich davon erfahren – zu dieser Ankündigung und der Tatsache ihrer Durchführung gestellt hätte. Und wieder war ich fast sicher, dass ich auch das – vielleicht nach einem ersten Erschrecken – zu den

Maßnahmen gezählt hätte, die in der damaligen Situation einfach unumgänglich gewesen waren.

Paul ist in seinem Elektrorollstuhl weitgehend selbstständig, und wir verloren uns aus den Augen. Als ich ihm wieder begegnete, merkte ich, dass er meinem Blick auswich. Ich spürte, dass er unter den Eindrücken der Dokumentation zunehmend sprachlos vor Wut geworden war, und in diesem Moment wünschte ich mir, nicht mit ihm hierhergekommen zu sein.

Jedoch wollte ich auf alle Fälle noch hinunter zur Bunkeranlage. Sie interessierte mich, weil ich annahm, sie sei der wichtigste Teil der »Alpenfestung« gewesen. Wir fuhren mit dem Aufzug in das Untergeschoss. Ein Gang, dessen Wände als Ausstellungsfläche dienten, führte weiter abwärts zum Bunkereingang. Hier sah man zuerst Dokumente und Fotos zum deutschen Widerstand, die ich mir mit seltsam gemischten Gefühlen betrachtete, bis mich der verzweifelt-entschlossene Blick eines Wehrmachtsoffiziers festhielt. Dieser Blick erinnerte mich an den meines Vaters bei unserer letzten Auseinandersetzung, nach der ich dann Hals über Kopf weggefahren war. »Gib acht, dass du nicht Dinge tust, die du später bereust!«, hörte ich ihn erneut sagen.

Es war ein Foto von Ludwig Beck, ehemaliger Generalstabschef des deutschen Heeres. Er hatte sich erfolglos gegen Hitlers Kriegspläne gewandt, war 1938 zurückgetreten, um dann eine zentrale Rolle in der Verschwörung des 20. Juli zu spielen. Nach dem Scheitern des Attentats beging er Selbstmord. Während ich das las, bemerkte ich mit Erstaunen und einer gewissen Genugtuung, dass die Empörung, die ich zu Zeiten des Attentats empfunden hatte, einer unterschwelligen Bewunderung gewichen war: Dieser Mann hatte konsequent gehandelt und nichts zu bereuen.

Wie schon so oft, Hanna, fand ich mich selbst nicht zurecht in dem Wirrwarr der Überlegungen und Gefühle, die mich – vor diesem Foto stehend – befielen, obwohl all das noch gar nicht so lange zurücklag. Ich bin fast froh, Dir das nicht mündlich schildern zu müssen, und ich bin mir bewusst, dass ich eigentlich kein Verständnis von Dir erwarten kann. Aber ich beschreibe Dir diesen Tag auf dem Obersalzberg trotzdem, weil es ein wichtiger Meilenstein auf meinem Weg zur Erkenntnis war.

Ein Stück abwärts, auf der rechten Seite des Ganges, hingen Fotos von Hitler aus den verschiedenen Phasen seiner Herrschaft. Eines zeigte ihn während des »Anschlusses« von Österreich: ein von der Hochstimmung dieser Tage aufgeladenes, großes, glattes Gesicht. Daneben ein Bild vom Wiener Heldenplatz, überschwemmt von einem unabsehbaren Meer begeisterter Menschen, und im Vordergrund Hitler, von hinten aufgenommen. Sein Rednerpult steht auf jenem herrschaftlichen Balkon der Hofburg, der – absurderweise – erst nach dem Sturz der Habsburger fertiggestellt wurde. Niemand außer Hitler hat ihn jemals zu einem öffentlichen Auftritt benutzt.

Etwas weiter unten ein Porträtfoto vom 20. April 1944, Hitlers letztem Geburtstag, den er auf dem Berghof verbrachte: ängstliche Augen in einem kränklich und spießig wirkenden Gesicht. Ich war schockiert, denn ein solches Bild hatte ich niemals von ihm gesehen. Wie passte das zusammen mit den Berichten der Generäle, die zu ihm kamen, um ihm die Aussichtslosigkeit der Lage klarzumachen und ihn, wieder überzeugt von der Möglichkeit des Endsiegs, verließen?

Auf den Wänden links war der Verlauf des Krieges bis zur endgültigen Katastrophe dokumentiert. Am Ende hing die Sonderausgabe der *Hamburger Zeitung* vom 2. Mai 1945: »Der Führer Adolf Hitler ist heute gefallen«, als Schlagzeile. Ja, das hatte ich damals auch im Radio gehört, ohne die Lüge zu ahnen, die den Selbstmord verschwieg. Gleich daneben ein ungefähr sechzehnjähriger Luftwaffenhelfer: ein Häufchen Elend, den Tränen nahe, in einem viel zu großen Militärmantel.

Unten, am Eingang zum Bunker, wartete Paul auf mich. »Schau dir diesen Wahnsinn an«, sagte er, auf einen Schaukasten deutend, in dem ein Briefwechsel des Ehepaars Bormann ausgestellt war. Martin Bormann, einer der meistgehassten und aufgrund von Intrigen mächtigsten Männer in Hitlers Umgebung, hatte den Ausbau des Bunkersystems geleitet. Er sei glücklich, schreibt er an seine Frau Gerda, seine Familie nun im Bunker sicher zu wissen. In Zukunft dürfe man alle Fabriken und dergleichen nur noch tief unter der Erde bauen. Auch alle anderen öffentlichen Gebäude und Privathäuser müssten mit ausgedehnten Bunkeranlagen versehen werden, man wisse ja nicht, was zukünftige Kriege noch für Überraschungen brächten.

Gerda Bormann zeigt sich in ihrer Antwort überzeugt, dass ihr Mann imstande sei, seiner Familie auch unter der Erde »ein zweckmäßiges und gemütliches Heim« zu schaffen. Sie erregt sich jedoch, dass sie in Zukunft – womöglich über lange Zeit und »vom Juden« dazu gezwungen – das Sonnenlicht werde entbehren müssen. Abschließend meint sie jedoch, dass daraus womöglich eine »neue Rasse« entstünde. Die sonderbare Logik dieser Gedankengänge erschreckte mich. Dies war also die sagenumwobene »Alpenfestung«, durch die auch ich mir Rettung in letzter Minute erhofft hatte! Die Bunkeranlagen waren – so ein Bildtext – eher eine Mausefalle mit sehr schlechten Verteidigungsmöglichkeiten als eine Festung. Also eine Fata Morgana, eine reine Fata Morgana, unsere Hoffnung auf Hitlers Überleben in seiner »Alpenfestung!«

Wir bewegten uns in den feuchten, spärlich erleuchteten Gängen des Stollens weiter fort, vorbei an in seitlich abzweigenden Gängen untergebrachten Lagerräumen, Elektrizitätsanlagen und Unterkunftsräumen und an einem kleinen MG-Stand als einzig sichtbare Möglichkeit einer Verteidigung. Ich spürte, wie sich ein letzter Rest von Glauben an unsere vermeintlich gute Sache in mir auflöste. Alles Illusion, eine fatale Illusion, dachte ich immer wieder, wie in einer Gedankenschleife.

Die feuchte Kälte kroch mir die Beine herauf in alle Glieder, als wir vor einem Schacht standen, der der Zugang zum tiefer gelegenen SS-Stollen gewesen sein soll. Ich starrte in diesen Abgrund, dann bemerkte ich die dünnen Tropfsteine, die von der gewölbten Decke hingen. Mir wurde zunehmend kälter, und ich sah mich gerade nach Paul um, als eine Glocke schrillte. Ein Blick auf die Uhr zeigte, dass die Anlage demnächst geschlossen würde. Wir mussten so schnell wie möglich zum Ausgang, aber in welcher Richtung? Auch Paul hatte die Orientierung verloren, und er rang nach Luft. Bleich und Hilfe suchend sah er mich an.

Auf gut Glück hasteten wir dem Ausgang zu. Offenbar hatten wir ein erstes Läuten überhört, denn die Gänge waren schon menschenleer. Würden sie die Anlage schließen, ohne zu kontrollieren, ob sich noch jemand in den Gängen befand? Gesetzt den Fall, wir würden den Ausgang finden, würde der Aufzug aber noch funktionieren? In Pauls Gesicht stand Panik, er rang nach Atem. Ich wusste, dass diese Situation für ihn gefährlich werden konnte, und eilte voraus.

Endlich der Ausgang! Ich drückte den Knopf, um den Aufzug zu rufen, und er setzte sich tatsächlich in Bewegung. Wir stiegen ein – und konnten durchatmen. Paul beruhigte sich langsam. Oben schien eine warme Nachmittagssonne durch große Fenster: »Jetzt wird's aber Zeit!«, sagte schmunzelnd der Mann, der die Karten kontrolliert hatte, als wir eilig zur Ausgangstür strebten. Die Frau an der Kasse war gerade am Einpacken und nickte uns zu. Draußen standen noch ein paar Besucher. Auch sie mussten sich in der Oberwelt erst wieder zurechtfinden.

Wir waren erschöpft und gingen in das nahe am Parkplatz gelegene Restaurant, um etwas zu trinken. Man saß im Freien, an einem der Tische wurde gelacht. Wir setzten uns und schauten ungläubig in diese überwältigend schöne Bergwelt hinein, auf der vor einigen Jahrzehnten noch die Augen jenes Mannes gelegen hatten, der unzähligen Menschen Unglück, Zerstörung und Tod brachte.

Die Heimfahrt verlief stumm. Ich war noch immer wie betäubt, versuchte aber dennoch mir vorzustellen, was in Paul vorging. – Auch den Abend verbrachten wir fast wortlos. Paul wollte sich bald zurückziehen, und ich war ihm dabei behilflich, aber unsere Blicke mieden sich.

Als ich schließlich im Bett lag, war ich vollkommen am Ende. In der letzten Zeit hatte ich festgestellt, dass meine Kräfte nachließen und mein Herz immer häufiger seinen Rhythmus verlor. Selbst die Betreuung von Paul wurde mir dann zu viel. Als ich die Augen schloss, überfiel mich eine Mischung aus Verzweiflung und tiefer Enttäuschung. Bilder aus dem Traum, der mich damals verfolgte, als ich erfuhr, dass Eberhard vermisst gemeldet sei, kehrten zurück. Diese Menschenkolonnen, die sich bei eisiger Kälte über die sturmgepeitschte russische Ebene hinschleppten, in Lumpen gehüllt, und ich darüberschwebend auf der Suche nach meinem Bruder. Eine Wolke aus Angst und tiefer Verzweiflung lag über dem Ganzen und erfasste auch mich.

Ich hatte mich nie wirklich von Eberhard verabschiedet, und nun war er plötzlich gegenwärtig. Erinnerungen aus den Jahren gemeinsamer Begeisterung tauchten wieder auf: Ich sah uns am Fenster stehen zusammen mit unserer Mutter. Unten auf der Straße ein flackerndes Meer von Fahnen, Fackeln, Heil!-Rufen. »Deutschland, Deutschland über alles ...« tönte es herauf, und: »Die Fahne hoch ...« Wir hatten uns angesehen, beide erfüllt von der Hochstimmung dieses Augenblicks.

Was hatte Eberhard wohl in seinen letzten Tagen und Stunden erlebt? War er – wie ich – dieser tödlichen Fata Morgana bis zum Schluss erlegen? Oder hatte sie sich für ihn aufgelöst und ihn in umso tiefere Enttäuschung gestürzt?

Mit diesen quälenden Gedanken schlief ich ein, schreckte aber bald wieder hoch: Ich hatte Eberhard am Rand eines Abgrunds stehen sehen und ihm etwas zugerufen. Er hörte mich nicht, taumelte und ließ sich fallen, stürzte ab ins Bodenlose. Er hat sich umgebracht, fuhr es mir durch den Kopf, ich bin sicher, er hat sich umgebracht! Ich lag da, lange Zeit, und schluchzte hemmungslos.

Beim Frühstück fragte Paul unvermittelt: »Was ist los mit dir?«

Ich erzählte ihm den Traum und schloss mit den Worten: »Ich bin sicher, er hat sich umgebracht.«

»Gut, dass du das nicht auch getan hast damals, Eva.« Pauls Stimme war ruhig und eindringlich.

Ich holte tief Atem.

Hannas Brief

Als Hanna sich auf den Weg zu Paul macht, ist sie tief in Gedanken. Die Schilderung über den Besuch auf dem Obersalzberg hat sie von der inneren Kehrtwendung ihrer Mutter überzeugt. Als sie an Pauls Wohnungstür läutet, öffnet ihr einer seiner Helfer. »Gut dass Sie kommen!«, sagt er. »Es geht ihm nicht gut.«

Sie findet Paul mit einem Buch vor, das zwar aufgeschlagen vor ihm liegt, in dem er aber offensichtlich nicht gelesen hat. In seinem Gesicht steht tiefe Trauer, als er sagt: »Ich werde das Zimmer Ihrer Mutter vorerst so lassen, wie es ist. Aber Sie können jederzeit Dinge, die Sie gern hätten, mitnehmen. Schauen Sie sich ruhig um! Schließlich gehört das alles Ihnen! Sie sind doch die Erbin!«

Die Bemerkung trifft Hanna. Ja, Paul hat recht, ich bin die Erbin!, denkt sie, geht hinein in das Zimmer, schließt die Tür hinter sich und setzt sich wieder an diesen Schreibtisch, über dem das Foto hängt: sie auf dem Schoß ihrer Mutter, daneben Georg, alle drei glücklich in die Kamera lachend. Was kann ich denn tun, überlegt sie hilflos, jetzt, da es zu spät ist? Jetzt, da ich nicht mehr mit ihr sprechen kann, was ich nach allem, was ich über sie erfahren habe, umso lieber täte.

Mein Gott, ja, was bleibt mir, als ihr auch einen Brief zu schreiben? Ein schlechter Ersatz, aber immerhin ein Ersatz!

Sie sucht nach Papier und Stift in der Schublade, und als sie fündig wird, hält sie den Stift nachdenklich in der Hand. Hat sie womöglich damit an mich geschrieben?

Schließlich beginnt sie:

November, 2005

Liebe Mutter,

Es zu spät. Du liegst unter der Erde.

Die Nachricht Deines Todes erreichte mich auf Umwegen kurz vor dem Deinem Begräbnis, und sie traf mich umso härter, als ich seit Langem überlegt hatte, ob ich mich nicht bei Dir melden sollte.

Als Paul mir Deinen Brief und die Hefte mit Deinem Lebensbericht gab, habe ich fast alles noch in derselben Nacht gelesen. Dabei wuchs mein Bedauern, Dich nicht mehr lebend gesehen zu haben, und die Trauer, dass Du nun endgültig gegangen bist. Und weil es zum Reden zu spät ist, bleibt mir nichts, als Dir zu schreiben. Du hast mir Dein Leben vor meiner Geburt und nach meinem Auszug geschildert, und ich will Dir nun auch beschreiben, wie ich gelebt habe, nachdem ich von Dir weggegangen war.

Beim Schreiben Deines Briefes hattest Du die Hoffnung, dass er mich erreicht. Die habe ich nicht mehr. Aber was weiß man schon darüber, ob wir nicht auf irgendeine Weise noch verbunden sind, sodass das, was ich zu Papier bringe, Dich doch irgendwie findet?

Ich habe viel nachgedacht über Deinen Lebensbericht, und Du hast recht: Als ich noch bei Dir wohnte, hast Du mir nie etwas Konkretes darüber erzählt, was Du in der Nazizeit erlebt und getan hast, und mein Verdacht, dass Du zu den Tätern gehört hattest und in irgendwelche Verbrechen verwickelt gewesen seist, wurde immer stärker. Als ich dann zu fragen begann und merkte, wie schwer es Dir fiel, darüber zu sprechen, bestätigte das meine Vermutung – und schließlich ließ ich es. Dann bin ich gegangen.

Du hast auch richtig angenommen: Wenn ich früher erfahren hätte, dass auch mein Vater ein überzeugter Nazi war und dazu noch SSler, wären die Schuldgefühle, die ich irrationalerweise mit mir herumschleppte, sicherlich noch stärker gewesen. Selbst heute bin ich nicht sicher, ob ich sie ganz überwunden habe. Denn Deine Bemerkung, dass ich Dich im Verhalten und sogar im Aussehen an meinen Vater erinnert habe, ist auch heute noch nur schwer für mich zu verkraften.

Wie leicht hätte ich mich von einer überzeugten Sympathisantin zu einem aktiven Mitglied der RAF entwickeln können! Es hat lange gedauert und es musste auch einiges passieren, bis die Wut, die in meiner Generation umging, in mir langsam abnahm. Es war der Einfluss meines Freundes Rolf, der mich vor dem Ärgsten bewahrte. Wir hatten uns auf einer Fete kennengelernt und ineinander verliebt. Er studierte bei Joseph Beuys an der Kunstakademie in Düsseldorf. Sein Vater war im Krieg gefallen, und er hatte ein Stipendium, das er mit mir teilte. Außerdem jobbten wir. Rolf gehörte zu einer Gruppe, die sich einmal in der Woche traf, um Marx, Freud oder Reich zu lesen und über das Gelesene zu diskutieren. Für mich war das eine Offenbarung. Es ging mir aber nicht so sehr um das, was wir lasen, sondern um die Art, wie wir uns damit auseinandersetzten. Endlich nicht mehr dieses beklemmende Schweigen, wie ich das zusammen mit Dir, Mutter, erlebt hatte. Hier hatte ich keine Angst mehr, auf irgendeine Mine zu treten! Hier fühlte ich mich zugehörig. Das war jetzt meine Familie! Endlich hatte ich das, was ich mir immer wünschte: Geschwister, die die gleichen Probleme hatten, wie ich selbst, und mit denen ich über alles reden konnte.

Heute wundert es mich, dass ich damals nicht merkte, dass auch in diesem Kreis nicht alle Fragen geduldet wurden. Zum Beispiel, ob freier Sex unbedingt dazugehört. Unter uns Frauen haben wir allerdings schon darüber gesprochen. Zum Beispiel, was man tun kann, wenn man absolut keine Lust dazu hat. Das galt ja als stockbürgerlich, da war man »out«. Aber das in die Diskussionsrunde zu bringen, trauten wir uns nicht. Gott sei Dank war Rolf ebenfalls dagegen, aber auch er brachte das nicht in die Runde ein, auch er wollte nicht »out« sein.

Einig waren wir uns alle jedoch in einem Punkt: Unsere Eltern hatten sich auf eine mörderische Ideologie eingelassen, der wir, da waren wir uns sicher, niemals verfallen wären. Wir hätten Widerstand geleistet und uns erfolgreich aufgelehnt.

Aber nachdem ich nun Deinen Lebensbericht gelesen habe, Mutter, und spüre, wie mich das erleichtert hat, ist mir etwas deutlich geworden: So wichtig diese Gruppe für mich war, ich konnte hier nichts erfahren über das, was mich viel mehr beschäftigte als das, worüber wir diskutierten: Entfremdung, Verdrängung und all die dazugehörigen Theorien. Eigentlich ging mich das wenig an. Was mir aber auf der Seele brannte, waren Fragen an Dich: Ich wollte wissen, was Du in der Nazizeit getan hast. Ob Du wirklich überzeugt davon gewesen bist, dass das richtig war, was da unter den Nazis in Deutschland geschah. Und vor allem: Bist Du wirklich auch heute noch die überzeugte Nazifrau, für die ich Dich halte? Hast Du tatsächlich nichts eingesehen? Da Du nicht darüber redetest, musste ich das vermuten.

Dann kam Dein Versuch eines Gesprächs, der ja leider im Streit endete. Hinterher hat es mir leidgetan. Aber was half das?

Hannah hält mit dem Schreiben inne. Paul ist ihr eingefallen. Sie geht hinüber in sein Zimmer und findet ihn wieder mit diesem Buch. Diesmal ist es zugeschlagen, und sie kann nun den Titel lesen: Matri Vani. *Wohl etwas von dieser Inderin, denkt sie, während sie laut sagt: »Entschuldigen Sie mich für einige Zeit. Ich muss etwas aufschreiben.«*

Paul lächelt sie an: »Ja, das ist in Ordnung. Ich warte hier auf Sie. Ich habe ja Zeit.«

Hanna zieht sich wieder zurück und fährt mit dem Schreiben fort. Die Erinnerungen fließen ihr nun in rascher Folge zu.

In den späten Sechzigerjahren, als die Kommune I, die Bewegung 2. Juni und dann die RAF mit ihren politischen Aktionen begannen, bewunderte ich das erst einmal grenzenlos. Die beließen es nicht beim Diskutieren, die taten etwas! Aber unsere Gruppe, die fast nur aus Beuys-Schülern bestand, hielten sich an die Meinung ihres Meisters, dass es richtiger sei, die Menschen mit Kunstaktionen zu provozieren und zum Nachdenken zu bringen, als Gewalt anzuwenden. Rolf dachte auch so, und ich passte mich an, um nicht herauszufallen.

Es dauerte nicht lange, da gehörte ich ganz dazu, denn ich fing an, mich ebenfalls für Bildhauerei zu interessieren. Ich zeichnete viel unter Rolfs Anleitung und bewarb mich dann um Aufnahme in die Beuys-Klasse. Obwohl ich keinen regulären Schulabschluss hatte, wurde ich angenommen. Beuys vertrat die Ansicht, dass jeder, der Kunst studieren wolle, zugelassen werden müsse. Das gefiel mir, und einige Zeit war ich sehr beeindruckt von ihm.

Mein heimliches Idol aber war und blieb Gudrun Ensslin. Seitdem sie durch die Kaufhaus-Brandstiftung bekannt geworden war, bewunderte ich ihren Mut und ihre Radikalität. Mit Rolf und den anderen habe ich immer wieder debattiert, ob es nicht doch notwendig sei, den tatsächlichen gesellschaftlichen Widersprüchen überall auf der Spur zu sein und sie praktisch zu lösen. Es ging ja um eine dauerhafte Suche nach dem gesellschaftlich und damit auch individuell verankerten Falschen. Und um die permanente Emanzipation von Zwängen und Unwissenheit. Ulrike Meinhof hatte, kurz bevor sie in den Untergrund abtauchte, in einer Fernsehsendung sinngemäß gesagt: »Wem immer es ernst ist mit der Solidarität zum vietnamesischen Volk, der kann keine Unterschiede sehen zwischen dem Polizeiterror gegen die Linken, und dem SA-Terror der Dreißigerjahre.« Und das hieß doch, dass man gegen diesen faschistischen Staat und gegen seine Unterstützung des Vietnamkriegs aktiven Widerstand leisten musste.

Trotz meiner Zweifel blieb ich in diesem Künstlerkreis. Mit Ilse und Friedrich, einem befreundeten Paar, planten wir gesellschaftskritische Aktionen, die die Menschen wachrütteln sollten. Aber die meisten konnten wir nicht durchführen, oder wir wurden missverstanden. Als Beuys 1972 aus der Akademie entlassen wurde, protestierten wir mit Hungerstreiks, einem dreitägigen Vorlesungsboykott, Unterschriftenaktionen und Informationsständen. Das war immerhin etwas, aber ich war damit nicht zufrieden. All das hatte zwar etwas zu tun mit dem Zustand des Systems in unserem Land, aber eigentlich drehte sich der Protest doch nur um unsere eigenen Probleme: Wir wollten unseren Beuys wiederhaben!

Auf der Documenta V, die wir in diesem Sommer besuchten, bekam dann aber meine Bewunderung für Beuys einen ernsten Knacks. Er saß da Tag für Tag in einer Art Büro, das er »Organisation für direkte Demokratie durch Volksabstimmung« nannte, wechselte die Rose in einem Messglas und diskutierte mit den Leuten. Gut, so war er: Immer präsent, immer offen für ein Gespräch, das war für ihn irgendwie Pflicht. Ich bekam dann aber mit, dass er einem Aktionskünstler, der sich Dürer nannte, gegenüber gesagt haben soll: »Dürer, ich führe persönlich Baader und Meinhof durch die Documenta, dann sind sie resozialisiert.« Das fand ich völlig daneben und unglaublich naiv. Wie konnte er die politische Relevanz von Kunst so überschätzen? Wie konnte er das, was die RAF tat, überhaupt vergleichen mit seinen Aktionen? Wer nahm schon wahr, was auf dieser Ausstellung passierte? Doch nur die Intellektuellen!

Wie ich dann auch noch feststellte, dass seine Objekte horrende Preise auf dem Kunstmarkt erzielten, fand ich ihn immer weniger überzeugend. War das nicht eine Verkehrung ins Gegenteil von dem, was er eigentlich gewollt hatte? Und er unternahm nichts dagegen! Trotz dieser Bedenken war ich immer noch nicht so weit, unsere Gruppe zu verlassen. Die Beziehung zu Rolf hielt mich.

Zusammen mit unserem Freundespaar Ilse und Friedrich mieteten wir schließlich einen Raum, den wir für eigene Aktionen benutzen, ihn aber auch an andere Künstler weitervermieten wollten. Doch das ging finanziell nicht auf, und wir mussten ihn wieder aufgeben. Ich bedauerte das nicht, weil ich fand, dass so ein Raum doch eigentlich nichts anderes als eine Art Galerie sei und noch weniger politisch wirksam wie die Beuys'schen Auftritte auf der Documenta. Denn wer kam schon zu uns? Wieder nur Intellektuelle!

Als sie Gudrun, Andreas, Ulrike, Jan-Carl, Holger und Irmgard festgenommen hatten, warst Du, Mutter, ja erleichtert. Und Du vermutest richtig, dass das bei mir völlig anders war. Wieder einmal machte ich mir Vorwürfe, politisch nicht aktiver zu sein und nur zu den Sympathisanten zu gehören. Als dann der Prozess in Stammheim begann, wollte ich dort unbedingt hin.

Über die Medien war zu erfahren, dass die Justizvollzugsanstalt zu einer Art Festung ausgebaut worden sei. Das empörte und befriedigte mich zugleich. Endlich zeigte dieses System sein wahres Gesicht, das Gesicht eines Polizeistaats!

Es ließ mir keine Ruhe: Immer wieder dachte ich daran, was Gudrun und ihre Genossen dort in der Isolationshaft durchmachten. Ich hörte von ihrem Hungerstreik und hatte den Verdacht, dass sie gefoltert wurden.

Als in Frankfurt eine Demo gegen die Isolationshaft stattfinden sollte, fuhr ich hin. Ich hatte keine Ahnung, dass sie nicht genehmigt war, aber ich glaube, ich hätte auch mitgemacht, wenn ich das gewusst hätte. Ich hatte mich in aller Frühe auf dem Sammelplatz am Studentenhaus in der Jügelstraße eingefunden. Viele hatten Spruchbänder dabei mit Aufschriften wie: »Schluss mit der Isohaft in Stammheim« oder »Isohaft ist Mord!«. Die Stimmung war schon aggressiv, als wir losmarschierten. Aber wir waren nicht weit auf der Bockenheimer Landstraße gekommen, als plötzlich berittene Bullen auftauchten, die uns auseinanderzutreiben versuchten. Wir begannen uns zu wehren, und die ersten Pflastersteine flogen. Da fuhren sie Wasserwerfer auf, und wir rannten, um nicht direkt getroffen zu werden. Doch da warteten schon die behelmten Bullen mit ihren Schilden auf uns, packten Einzelne und schleppten sie in die grüne Minna. Als uns auch das nicht zum Aufhören bewegte, umstellten sie uns und begannen alle, die sie erwischen konnten, einzusammeln. Auch mich hielt einer am Arm fest und drehte ihn mir auf den Rücken, sodass ich vor Schmerz schrie. Dann schleppte er mich zu einer Minna und stieß mich hinein zu den anderen. Wir alle waren durchnässt und ungeheuer wütend. Aber was half das?

Auf dem Revier wurden wir in eine Gemeinschaftszelle gesteckt, wobei natürlich entsprechend randaliert wurde. Später wurden wir einzeln »erkennungsdienstlich behandelt«: Fingerabdruck, Foto, Verhör. Ich machte aus meinem Sympathisantentum keinen Hehl, aber gegen Mittag ließen sie uns schon alle wieder laufen. Dass ich damals einen Akteneintrag bekommen hatte, war mir egal.

Nach diesem Abenteuer, das ich Rolf verschwieg, war ich noch fester entschlossen, zu einer der öffentlichen Verhandlungen nach

Stammheim zu fahren. In diese Zeit fiel dann auch das missglückte Gespräch mit Dir, Mutter, das mich in meinem Entschluss bestärkte. Rolf war natürlich dagegen, aber in Ilse fand ich jemand, der ähnlich dachte wie ich. Ihr Vater war im Krieg ein hochrangiger Offizier unter General Paulus gewesen, der in Stalingrad eingekesselt und dann gefangen genommen wurde. Er kehrte erst spät und gesundheitlich ruiniert aus der Gefangenschaft zurück, und aufgrund der langen Trennung hatten er und seine Frau große Probleme miteinander. Für Ilse war dieser strenge Vater, der ihr wenig Freiheit ließ, ein fremder Mann, und wenn sie etwas über seine Vergangenheit und seine Zeit im Krieg wissen wollte, wich er aus. Sie war, ähnlich wie ich, sehr jung von zu Hause ausgezogen und hatte kaum noch Kontakt zu ihren Eltern.

Als wir uns Mitte August auf den Weg machten, waren schon über zwanzig Prozesstage gelaufen. Wir übernachteten bei Freunden in Stuttgart, waren sehr früh an Ort und Stelle und stellten uns in die Schlange der Wartenden, denn wir hatten gehört, dass es schwer sei, überhaupt einen Platz zu bekommen. Es würden nicht viele Zuhörer zur Verhandlung zugelassen.

Der Anblick dieses neu errichteten Gebäudes war bedrückend: keine Fenster, nur rauer Beton, wirklich wie bei einer Festung. Ganze Schwadronen von Polizisten waren zu sehen, überall gab es Überwachungskameras, und auf dem Dach hatten sie ein Stahlnetz angebracht, um eine Hubschrauberlandung unmöglich zu machen.

Endlich wurden wir eingelassen und konnten tatsächlich einen Platz ergattern. Als die Angeklagten hereingeführt wurden, sah man deutlich, dass es ihnen körperlich schlecht ging. Der Vorsitzende Richter, Theodor Prinzing, wollte die Vernehmungen zur Person beginnen, aber die Rechtsanwälte der Angeklagten stellten den Antrag, dass deren Verhandlungsfähigkeit von unabhängigen Ärzten begutachtet werden müsse, das Gutachten des Gefängnisarztes genüge nicht. Dann standen sie auf, und verließen den Saal. Gudrun, Ulrike, Andreas und Jan-Carl wollten ausgeschlossen werden und erhoben sich. Einige der Zuschauer standen ebenfalls auf, es gab Zwischenrufe und Tumult. Prinzing war völlig verwirrt, wurde immer hilfloser, und Andreas nannte ihn ein »faschistisches Arschloch«. An diesem Tag kam es zu keiner Vernehmung.

Wir waren erst einmal verblüfft, mit welcher Dreistigkeit sich die Angeklagten den Anklägern und Richtern gegenüber verhielten, über die Beschimpfungen, die sie vom Stapel ließen, und welchen Beifall sie dafür erhielten. Diesen Mut hätte ich auch gern gehabt, aber Ilse war das zu krass.

Als Prinzing schließlich die Anklage verlas, waren alle Angeklagten ausgeschlossen, und ihre Wahlverteidiger hatten ja den Saal schon unter Protest verlassen. Das hatte etwas Gespenstisches. Ilse und ich sahen uns betroffen an: Lag da nicht tatsächlich ein Vergleich mit dem »Volksgerichtshof« der Nazizeit nahe, den die Angeklagten immer wieder gezogen hatten? Entsprechend war die später erfolgte Verurteilung zu lebenslanger Haft nach meiner Meinung ein grobes Unrecht, und die »Hinrichtung« von Generalbundesanwalt Siegfried Buback kurz davor hielt ich für gerechtfertigt.

Als aber 1977 Jürgen Ponto, Vorstandssprecher der Dresdner Bank, bei einem Entführungsversuch erschossen wurde, gingen meine Gedanken zum ersten Mal in eine andere Richtung. Ich fand vor allem die Vorgehensweise von Susanne Albrecht bedenklich. Sich als Tochter eines Freundes von Ponto – der auch noch der eigene Patenonkel war – zu einem Besuch anzumelden, in Begleitung von Brigitte Mohnhaupt und Christian Klar mit einem Blumenstrauß zu erscheinen, Ponto, als er sich der Entführung widersetzte, einfach niederzuschießen und dann zu fliehen – das fand ich heimtückisch und feige! Es war das erste Mal, dass ich in

Bezug auf eine der Aktionen der RAF nicht mehr von »Hinrichtung«, sondern von »Mord« sprach.

Woher nahmen sie das Recht, Menschen umzubringen, nur weil sie eine leitende Stellung innehatten? Als sie Schleyer kidnappten, dachte ich allerdings wieder, dass sie den Richtigen erwischt haben. Und als in der Nacht nach der gescheiterten Entführung der »Landshut« Gudrun und die anderen tot in ihren Zellen aufgefunden wurden, glaubte ich – wie viele – an Mord. Ich gehörte zu denen, die sie wütend betrauerten.

In unserer Gruppe waren wir uns jedoch einig, dass Schleyer mit seiner SS-Vergangenheit zwar als Repräsentant des Systems überzeugender gewesen sei als Ponto, dass aber die Geiselnahme von neunzig aus Mallorca heimkehrenden Urlaubern ein großer Fehler war. Mit solchen Aktionen würde man nur die Mehrzahl der Bürger gegen sich aufbringen. Dass die Aktion von einem palästinensischen Einsatzkommando durchgeführt wurde, war uns nicht recht verständlich, und wir hatten den Verdacht, dass die Befreiungsversuche nun zum Selbstzweck geworden seien. Unabhängig davon aber war ich noch lange Zeit überzeugt, dass Gudrun ermordet worden sei. Ich konnte mir einfach nicht vorstellen, dass sie aufgegeben hatte, sie war doch der Kopf des Ganzen gewesen.

Womöglich war mein Festhalten an der Mordthese dann auch mit ein Grund, dass es zu einem Zerwürfnis mit Rolf kam, der wie viele meiner Freundinnen und Freunde von der RAF endgültig abrückte. Ich selbst blieb hin und her gerissen zwischen Bewunderung und Ablehnung, und es hat noch länger gedauert, bis mir wirklich bewusst wurde, dass die sich wiederholenden Versuche der Gruppe, die Gefangenen freizupressen, das eigentliche und meiner Meinung nach berechtigte Anliegen ad absurdum führten. Dem antiimperialistisch-antifaschistischen Kampf hatten sie damit jedenfalls nur indirekt gedient, wenn nicht gar geschadet.

Ich versuchte als Künstlerin auf die Beine zu kommen, musste aber viel jobben. Das kostete mich eine Menge Kraft, und ich engagierte mich nicht mehr politisch. Aber angesichts der verschiedenen Morde, die die dritte Generation der RAF Anfang der Achtzigerjahre verübte, erschien mir das alles immer fragwürdiger.

Entscheidend war dann der Brief, den die Brüder des ermordeten Diplomaten Gerold von Braunmühl in der *taz* veröffentlichten. Hier wurde das Gespräch mit den Mitgliedern der zweiten und dritten Generation gesucht. Es wurde gefragt, ob es unter ihnen keine kritische Reflexion ihrer Überzeugungen und Taten gäbe. Ob sie sich eigentlich die Zustimmung des Proletariats, für das sie ja zu handeln glaubten, eingeholt hätten? Und ob sie nicht bemerkt hätten, dass sie genau von diesen Menschen mit Misstrauen, ja mit Ablehnung betrachtet würden? Braunmühl habe sich in seiner Funktion doch dezidiert für die Verständigung mit den sozialistischen Ländern eingesetzt. Hätte man ihn nicht sogar als Linksliberalen einstufen können? Würde sie das alles nicht interessieren? Dann folgte ein Satz, den ich auch heute noch Wort für Wort in Erinnerung habe: »Ihr setzt die mörderische Tradition derer fort, die sich für Auserwählte der Wahrheit halten, in deren Namen sie die schlimmsten Verbrechen begehen.«

Das saß. Es war, als würde ich zum ersten Mal durch die Augen derer schauen, die wir bekämpften und in deren Augen wir zu Mördern geworden waren. Wussten die Mitglieder der zweiten und dritten Generation der RAF denn, wozu ihre politischen Aktionen führten? Könnten diese nicht tatsächlich das Gegenteil dessen bewirken, was sie beabsichtigten, genau so, wie es die Briefschreiber in der *taz* vermuteten: zum Beispiel, dass die BRD völlig unter die Knute der Amerikaner käme oder dass die Rechten wieder die Oberhand gewännen? Von diesem Moment an war ich davon überzeugt, dass das, was der »bewaffnete Kampf« genannt wurde, zu nichts Gutem führen konnte.

Meine Beziehung zu Rolf ging in dieser Zeit endgültig auseinander, und damit hatte ich auch kaum noch Verbindung zu unserer Gruppe, die allerdings ihren Zusammenhalt auch mehr und mehr verlor. Ich fühlte mich wie gelähmt und hatte immer wieder Schuldgefühle, nicht genug getan zu haben. Schließlich brachte mich ein Bekannter dazu, an den Treffen ehemaliger, inzwischen aus der Haft entlassener RAF-Mitglieder und RAF-Sympathisanten teilzunehmen, die im Beisein von Therapeuten ihre Vergangenheit diskutieren und reflektieren wollten.

Ich war ungeheuer gespannt darauf, dann aber enttäuscht, als ich feststellte, dass die Illegalen die in der Legalität Verbliebenen mit einer gewissen Herablassung behandelten. Es herrschte eine Art Zweiklassenhierarchie, und es hat mich erstaunt, wenn nicht sogar verletzt, als ich merkte, dass Entscheidungen, wie etwa diejenige von Joseph Beuys und seinen Schülern, die einen gewaltlosen Weg propagiert hatten, nicht respektiert wurden, obwohl ich selbst an ihrer Richtigkeit gezweifelt hatte. Immerhin war ich ja mit glühender Überzeugung auf vielen Demonstrationen gewesen, hatte die Sympathisantenparole »Isohaft ist Folter, Isohaft ist Mord, Kampf dem Faschismus an jedem Ort« skandiert und mich dafür einsperren lassen. So blieb ich nicht lange bei diesen Treffen, weil sie mir nur wenig brachten.

Schließlich kam ich auf die Idee, mich an der Kölner Filmhochschule zu bewerben. Ich wurde angenommen, und das war der Weg aus meinem Tief. Meine Abschlussarbeit war der Film über die Geschwister Scholl, den Du erwähnt hast. Bei der Recherche hat mich die Tatsache nachdenklich gemacht, dass Sophie ein begeistertes Jungmädel gewesen war, ehe sie zur Widerstandskämpferin wurde. Da musste ich an Dich denken, Mutter, und damals fasste ich zum ersten Mal den Gedanken, die Verbindung zu Dir wiederaufzunehmen.

Heute, wo ich weiß, dass Du, nachdem Du den Film gesehen

hattest, dies auch tun wolltest, frage ich mich, wie Du reagiert hättest, wenn Dich dieser Brief noch lebend erreicht hätte? Seltsam, wie die Probleme zwischen Dir und Deiner Mutter sich irgendwie zwischen uns wiederholten!

Ich bin mir aber jetzt sicher, dass Du mir vieles hauptsächlich deshalb verschwiegen hast, weil Du mich und nicht Dich selbst schonen wolltest. Und womöglich wollte auch ich Dich unbewusst schonen, als ich den Kontakt zu Dir nicht mehr suchte. Es wäre Dir sicherlich sehr schwergefallen, zu akzeptieren, wie ich nach meinem Auszug lebte: Nämlich genau so, wie Du Dir das Leben Deiner Tochter nie gewünscht hast!

Deine Schilderung über das Auftauchen aus der Unterwelt des Obersalzbergs hat mich endgültig überzeugt. Jetzt bin ich sicher, dass Du von diesem Horror losgekommen bist. Aber angesichts der Vorwürfe, die Du Dir selbst gemacht hast, und angesichts Deiner Schuldgefühle frage ich mich, ob Du überhaupt anders gekonnt hättest in dem Umfeld, in dem Du lebtest, so, wie Dein Elternhaus nun einmal war? – Aber ich kenne das, diese Schuldgefühle für etwas, was man nicht selbst getan hat. Wir haben sie in Vorwürfe gegen euch verwandelt. Waren wir damit immer im Recht?

Hanna legt den Stift beiseite. Sie ist erschöpft. Wie in Trance hat sie mehrere Stunden geschrieben, und je länger es dauerte, desto stärker wurde das Gefühl, unmittelbar mit ihrer Mutter zu reden. So als säße sie ihr gegenüber und hörte ihr zu.

Hanna ist jetzt erleichtert und ruhig, aber sie weiß noch nicht, was sie mit diesem langen Brief nun anfangen soll, und sie denkt an Paul: So viele Jahre ist er mit meiner Mutter zusammen gewesen und hat sie gut gekannt. Ihm werde ich das vorlesen! Außerdem möchte ich ihn vieles fragen, wenn ich schon meine Mutter nicht mehr fragen kann.

Sie steht auf und findet ihn in seinem Zimmer, immer noch am Fenster sitzend. Er hat das Buch weggelegt und schaut hinaus in den dunkler werdenden Abend. Als sie eintritt, wendet er sich ihr zu und sieht sie erwartungsvoll an.

»Ich habe meiner Mutter einen Brief geschrieben, einen Abschiedsbrief«, sagt sie. »Es ist zwar seltsam, einer Toten einen Brief zu schreiben, aber ich musste es tun, es ist das Einzige, was mir bleibt. Können Sie das verstehen?«

Paul nickt, schweigt aber.

»Ich möchte ihn Ihnen vorlesen«, fährt Hanna fort. »Aber vorher hätte ich gern gewusst, wie meine Mutter gestorben ist.«

Paul zögert etwas und sagt dann: »Es kam schließlich doch sehr überraschend. Sie hatte zwar in der letzten Zeit öfter über ihr Herz geklagt und war deswegen auch in Behandlung, aber ich hätte nie gedacht, dass es so schnell gehen könnte.« Er holt mühsam Atem, die Worte kommen stockend. »Sie hat mich abends noch ins Bett gebracht. Am nächsten Morgen wunderte ich mich, warum sie nicht erschien, um mir beim Aufstehen zu helfen. Ich rief einen meiner Helfer an, und er kam Gott sei Dank sofort. Sie war in der Nacht gestorben!« Pauls Stimme versagt fast, aber nach einiger Zeit hat er sich wieder gefasst. »Irgendwann würde ich gern lesen, was Eva für Sie geschrieben hat. Sie hat so gehofft, dass Sie es eines Tages zu Gesicht bekommen. In der letzten Zeit hat sie immer wieder von Ihnen gesprochen.« Paul blickt Hanna schweigend an, seine Augen sind dunkel vor Trauer. Nach einer Weile sagt er: »Aber Sie wollten mir den Brief vorlesen …«

Hanna nickt nachdenklich. Dann beginnt sie:

Liebe Mutter ...

Autobiografische Notizen zur Entstehung des Buchs

Geboren 1931, frage ich mich heute, wie mein Leben verlaufen wäre, hätte ich einige Jahre früher das Licht dieser Welt erblickt, und diese Frage lässt mich nicht los. Denn aus mir selbst nicht ganz verständlichen Gründen bin ich mir fast sicher, dass ich zu einer gläubigen Nationalsozialistin herangewachsen wäre, obwohl – oder womöglich gerade weil – mein Vater, der Unternehmer Robert Bosch, ein Gegner des Regimes gewesen ist. Ich verstand damals nicht, warum er das war, da er mit uns Kindern nicht über seine Beweggründe sprach – sicher aus dem Grund, um seine Familie und auch sich selbst zu schützen. So schämte ich mich manchmal vor Freundinnen, deren Väter an der Front waren.

Sehr gut gefiel es mir bei den »Jungmädeln«. Hier fühlte ich mich als Mitglied einer Gemeinschaft und im Dienst einer großen Sache. Und wenn bei Hitler- oder Goebbels-Reden – wie vorgeschrieben – auch in unserem Hause der »Volksempfänger« dröhnte, saß ich davor wie gebannt, erschreckt und begeistert zugleich.

In der Vermutung, dass ich – wäre ich bei Kriegsende nicht erst vierzehn Jahre alt gewesen – wohl tiefer in diese Bewegung hineingeraten wäre, fühle ich mich auch durch meine Erinnerung an den 20. Juli 1944 bestätigt: Im Radio hatte ich die berühmt gewordene Ansprache des Führers gehört, in der er mit hasserfüllter Stimme von der »kleinen Clique ehrgeiziger und gewissenloser Offiziere« sprach. Ich war bestürzt, jedoch – in der Gewissheit, dass Hitler lebte – gleichzeitig erleichtert. »Wie können Menschen so etwas tun?«, fragte ich empört meine Mutter. Sie aber lächelte sonderbar und sagte nichts. In diesem Moment spürte ich, dass ich an ein Familiengeheimnis gerührt hatte, und fragte nicht weiter.

Nach dem Krieg jedoch, als ich erfuhr, dass mein Vater auf der richtigen Seite gestanden hatte, dachte ich, dass er mich wohl zur rechten Zeit mit seinen Ansichten bekannt gemacht hätte. Aber wer weiß, wie meine Reaktion gewesen wäre? Wie schon bemerkt, habe ich den starken Verdacht, dass ich gegenüber der Propaganda dieses Regimes in keinerlei Weise immun geblieben wäre und mich womöglich gegen meinen Vater gestellt hätte. Zu viel hatte ich von dem hypnotischen Zug dieser propagandistischen Inszenierungen erlebt.

Viele Jahre später machte ich eine weitere erstaunliche Erfahrung: Ich hatte begonnen, mich für die inzwischen entstandene Literatur über den Nationalsozialismus zu interessieren und las die *Erinnerungen* von Albert Speer. Ich war beeindruckt von dieser Schilderung aus der Feder eines Mannes, der – obwohl lange Zeit ein enger Vertrauter Hitlers und tief in die Bewegung verstrickt – am Ende Distanz gewann und Deutschland viel ersparte, indem er Hitlers Politik der »verbrannten Erde« boykottierte so weit er konnte. Je mehr ich mich nun in dieser Lektüre dem Tod Hitlers näherte, desto gebannter las ich bis tief in die Nacht. Als ich zu Ende gekommen war und das Buch weglegte, erfüllte mich eine mir selbst unerklärliche und auch unheimliche Trauer, ein pathetisches Heimweh nach etwas Verlorenem. Ich griff mir an den Kopf und wunderte mich umso mehr, als ich den Zusammenbruch des Dritten Reichs in keiner Weise als Katastrophe, sondern als Erleichterung erlebt hatte. Am nächsten Tag war diese merkwürdige Emotion verflogen. Zurück blieb nur ein gewisses Bedauern, diese faszinierende Lektüre beendet zu haben. Hatte ich die Vaterprojektion, die Speer sicherlich auf Hitler hatte, übernommen? War meine eigene Faszination aus der damaligen Zeit wieder wach geworden?

All das geschah allerdings zu einer Zeit, als Gitta Serenys Speer-Biografie (1997) bislang nicht erschienen war, und auch die Kontroverse um die Speer-Biografie von Joachim Fest (1999) hatte noch nicht stattgefunden, sodass noch nicht klar war, dass Speer viel mehr von den Verbrechen des Regimes gewusst hatte, als er bei den Kriegsverbrecherprozessen in Nürnberg zugegeben hatte.

Dazu kam, dass ich als Familientherapeutin immer wieder erlebte, wie stark dieser Teil unserer Vergangenheit auch heute noch in deutschen Familien nachwirkt.

Bei Menschen, die sich damals der NS-Bewegung verschrieben, spielte die soziale Herkunft und das Alter eine schicksalhafte Rolle. Die 1918 geborene ehemalige Reichspressereferentin Melita Maschmann schildert dies überzeugend in ihrer Autobiografie: *Fazit. Kein Rechtfertigungsversuch*. Unter anderem stellt sie darin dar, wie lange es gedauert hat, bis sie – nach immerhin zwei Jahren – sich ihrer Schuld stellen und von dem »Teufelsrad der blinden Gebundenheit« abspringen konnte, wie sie es selbst formuliert hat.

Diese »blinde Gebundenheit« spielt im familientherapeutischen Zusammenhang eine große Rolle. Sie entsteht aus der Bindungskraft jeder menschlichen Gruppe, sei es einer Familie, eines Stammes, eines Volkes oder einer Ethnie. Sie übt einen großen Druck auf die einzelnen Mitglieder aus und führt dazu, dass diese in krisenhaften Situationen noch enger zusammenrücken und alle, die nicht fraglos dazugehören, ausstoßen. Es entsteht eine »Wagenburgmentalität«, die bewirkt, dass man sich innerhalb der Gruppe gegenseitig nach Kräften unterstützt und sich womöglich sogar aufopfert. Alle außerhalb Stehenden dagegen sind vogelfrei.

Tatsache ist, dass man erschreckende Beispiele von Wirkungen dieser psychischen Dynamik nicht nur im Nationalsozialismus, sondern genauso in den Kriegen der Vergangenheit findet. Letztlich bildet sie die Grundlage zu jeder gewaltsamen Auseinandersetzung zwischen Gruppen, in denen immer wieder schreckliche Untaten mit gutem Gewissen begangen werden. Jüngere Menschen sind im Allgemeinen besonders der Gefahr ausgesetzt, diesem Druck zu erliegen.

Schließlich sind folgende Eigenheiten meiner Biografie ein wichtiges Element meiner Motivation zu diesem Buch: Als Tochter eines am Widerstand beteiligten Vaters, die selbst zwar alt genug war, um noch »Jungmädel« zu sein, jedoch zu jung, um schuldhaft verstrickt zu werden, bin ich in einer zweiwertigen Situation: Einerseits hatte ich keinen Grund, meinen Vater wegen seines Verhaltens im Dritten Reich anzuklagen, wie das die Achtundsechzigergeneration oft getan hat. Andererseits war ich alt genug, um den starken Sog der damaligen Propaganda zu spüren und ihr zu erliegen.

Da mein Vater 1942 eines natürlichen Todes gestorben ist und seine Verbindung zum Widerstand nicht aufgedeckt wurde, blieb meine Familie nach dem Attentat vom 20. Juli 1944 unbehelligt. Aufgrund dessen und auch aus meinen familientherapeutischen Erfahrungen heraus habe ich mich für die Schicksale von Kindern aus Widerstandsfamilien zu interessieren begonnen. Daraus ist das Buch *Heldenkinder, Verräterkinder. Wenn die Eltern im Widerstand waren* entstanden.

In der hier vorliegenden »fiktiven Autobiografie« gehe ich auf die andere Seite ein, auf die Seite der Verstrickten, denen ich mich fast noch näher fühle. Entschieden ablehnend stehe ich allerdings Gruppierungen wie der NSU gegenüber, die heutzutage die damalige Ideologie annehmen und Morde und andere Gewalttaten begehen.

Ich halte jedoch die Zeit für gekommen, den Versuch zu machen, genauer zu verstehen, wie Menschen wie Du und ich in der Zeit des Nationalsozialismus zu Mitläufern und Tätern werden konnten, und welche menschlichen Neigungen das beförderten. Diesem Interesse der Selbsterforschung dient der Roman, und damit gleichzeitig dem Wunsch, der Generation unserer Eltern und Großeltern gerechter zu werden.

Dank

Der geht an alle Freundinnen und Freunde, die das Buch in seinen Phasen der Entstehung gelesen, mir Ratschläge gegeben und mich durch ihr Interesse ermuntert haben weiterzumachen. Besonders aber an Ise Bosch, Hadumod Bußmann, Michaela Bisjak, Klaus und Astrid Diehl, Ursula Franke-Bryson, Thomas Gonschior, Marianne Franke-Griksch, Barbara Innecken, Susanne Klumpp, Jody Lewen, Hildegard Schmal, Ursula Singer-Seidlein, Kathrin Stengel-Eskin, Christoph Wild. – Vor allem aber an Regina Carstensen, die als Lektorin mehrere Stadien dieses Buchs mit sachkundiger Kritik und wertvollen Anregungen begleitet hat.

Quellen

Als Hintergrund zu Hannas Briefbericht dienten insbesondere zwei Bücher: *Der Baader-Meinhof-Komplex* (1997) von Stefan Aust und *Das rote Jahrzehnt* (2011) von Gerd Koenen.

Die Schilderung von Evas Erfahrungen im Osteinsatz sind an *Fazit. Kein Rechtfertigungsversuch* (1993) von Melita Maschmann angelehnt.

In den Kapiteln über den Indienaufenthalt spielen die von Ram Alexander herausgegebenen Tagebuchaufzeichnungen von Atmananda eine größere Rolle. Sie sind unter dem Titel: *Death Must Die. A Western Woman's Life-Long Spiritual Quest in India and it's Fulfillment Through Her Guru, Shree Anandamayee Ma. The Diaries of Atmananda* (2002) erschienen.

Andere Passagen sind eigene Erinnerungen, und viele sind frei erfunden.

Sowohl Melita Maschmann als auch Atmananda habe ich anlässlich meiner Aufenthalte bei Anandamayi Ma persönlich kennengelernt und als aufrichtige und integre Menschen mit außerordentlichen Schicksalen geschätzt. Melita Maschmann lebte lange in Indien und ist, zurückgekehrt nach Deutschland, im Jahr 2010 hochbetagt gestorben. Von dem bei Wikipedia erwähnten Zusammentreffen mit einer jüdischen Jugendfreundin 1963 hatte ich beim Verfassen des Buchs keine Kenntnis, obwohl es Anklänge gibt.

Ram Alexander berichtet, dass die österreichische Jüdin Atmananda – früher in Indien unter ihrem Mädchennamen Blanca Schlamm als Pianistin bekannt – 1985 verstorben ist. In ihren letzten Stunden wurde sie von Melita Maschmann, der ehemaligen NS-Funktionärin begleitet, und ist in ihren Armen gestorben. Beide Frauen hatten, ebenso wie der Amerikaner Ram Alexander, bei Anandamayi Ma eine spirituelle Heimat gefunden.